CONTES EN VERS,

CHANSONS

ET PIÈCES FUGITIVES.

CONTES EN VERS,

CHANSONS

ET PIÈCES FUGITIVES.

Par A. G. CAILLY Père.

Parvi parva monumenta laboris.

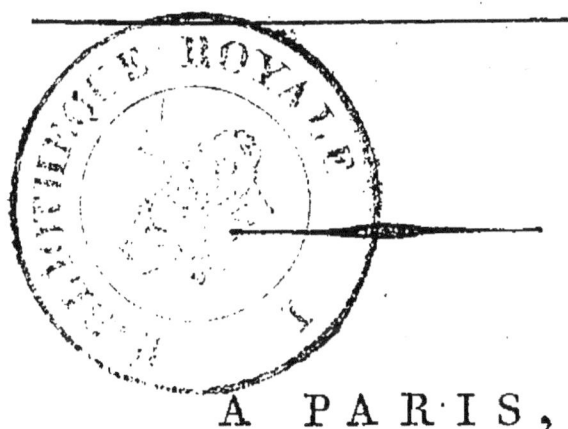

A PARIS,

Chez { CORDIER et LEGRAS, Imprimeurs-Libraires, rue Galande, N.º 50.
La veuve DEVAUX, Galerie du Palais-Égalité, N.º 181.

AN IX.

PRÉFACE.

J'AVAIS bien cinquante ans quand cela m'arriva, dit M. Franc-Aleu. C'était un enfant, que M. Franc-Aleu; moi j'en avais plus de soixante, quand je m'en avisai. Avant cette époque de décadence, occupé d'un état anti-poétique, je n'eus jamais ni le tems, ni même la pensée d'être Poète : j'étais pourtant idolâtre de la poésie; et c'est justément cette idolâtrie qui me sauva alors du ridicule de la Métromanie. Virgile, Horace, Ovide, Tibulle, Racine, La Fontaine, Voltaire, etc. etc. furent pour moi des Dieux tutélaires. Leur lecture décourageante me préserva de toute tentation.

Je lisais aussi les vers de nos Mœvius;

autre raison pour moi de n'en point faire. Fréron perdait avec eux sa critique et ses conseils; c'était moi qui profitais de ses leçons amicales. Il fut mon maître. C'est lui qui m'enseigna l'art.... de me taire.

Il m'est pourtant échappé, de tems à autre, quelques chansonnettes, enfans clandestins de l'occasion et du plaisir. Eh! qui n'a pas fait de ces vers innocens? Est-ce là de la poésie? J'y mettais aussi peu de prétention que de travail, et n'y pensais plus le lendemain.

Je me tenais si bien sous le rideau, qu'un beau jour où, dans une société, je chantais, comme auteur, une ou deux de ces chansons, j'eus la satisfaction de voir des chuchottemens à l'oreille, des ris malins; de recevoir des complimens si bien tournés, qu'il était clair qu'on me prenait pour un impertinent qui s'attribuait les œuvres d'autrui.

Les moqueurs avaient raison. Je vis bientôt moi-même ces chansons imprimées dans les almanachs chantans, sous les noms des Boufflers et des Beaumarchais. Je pris peu de peine pour détromper les moqueurs, et je me gardai bien de réclamer ces bagatelles, qui ne devaient leur petite fortune qu'à ces grands noms, et pouvaient la perdre sous le mien. Je n'en fus pas plus fier, ni plus tenté de mordre à l'appât dangereux de la littérature : c'est une maîtresse qui ne souffre point de rivales, à laquelle il faut se donner tout entier. Je ne fus pas sa dupe. Mes occupations étaient des devoirs; je fus exact à les remplir, sans distraction poétique.

Elles cessent ces occupations. Me voilà

libre ; j'achète une bicoque à la campagne ; j'y passe les étés ; j'admire les
beautés de la nature , si bien décrites par
les Poètes (au coin du feu), et bientôt je
m'ennuie. L'oisiveté est la mère de tous
les vices ; elle va l'être de mes produc-
tions.

Que faire ! ! des vers ! J'invoque ma
muse. Que va-t-elle m'inspirer , cette
pauvre muse si paresseuse , si-tôt rebutée
de la difficulté des vers faciles , si peu
exercée , si engourdie... à soixante ans ?
Sera-ce des odes à la Lebrun ? des tragé-
dies à la Ducis ? des comédies à la Colin
d'Harleville ? Hélas non ; on ne tire d'un
fonds que ce qu'il peut produire. Elle est
incorrigible cette vieille folle de muse ;
elle me fait radoter... des contes graveleux.... des sottises.

La plus forte de toutes est celle de les

publier. Ce n'était point mon projet.
Je ne travaillais que pour me distraire
des horreurs de la révolution; mais depuis long-tems on me tourmente; mes
amis me pressent. J'ai résisté jusqu'ici;
je n'ai plus ni assez de force, ni assez de
raison pour m'en défendre : j'ai soixante-
treize ans; je cède enfin, et on m'imprime tout vif. Mon âge, loin d'être une
excuse, sera pour la critique un grief
de plus. Cet âge est celui de la pénitence, et on va me trouver bien impé-
nitent. La gaieté, dira-t-on, n'est pas la
licence; je le sais bien; mais la gravelure n'est point l'obscénité; elle a sa
gaze : et La Fontaine? et Vergier? Piron?
Grécourt?... Halte-là. Vous n'avez point
leur talent, me répondra-t-on; d'ailleurs,
ils ont écrit dans le siècle de fer et de
corruption; et vous, vous écrivez dans

l'âge d'or. Quand Moïse Robespierre fait la découverte d'un Être-Suprême et de l'immortalité de l'âme ; quand nos Pindares ne chantent plus que des hymnes sacrés ; quand la vertu est à l'ordre du jour ; quand le beau sexe de Paris, plus décent, plus pudique que celui même de Sparte, remonte à l'innocence primitive de cette chaste république, et, comme à Sparte, brille moins des ornemens du luxe, que des beautés de la nature, ...

Et voilà justement, censeurs, ce qui me tranquillise. Je ne fais cette Préface que pour avertir du danger le beau sexe, et je suis bien sûr qu'après cette précaution, il se gardera bien de me lire, ou que, s'il me lit, ce sera sans y entendre malice : en tout cas, ce ne sera pas ma faute. C'est une question que je ne renouvelle qu'en passant, de savoir si la gravelure est aussi dangereuse pour les jeunes personnes, que les romans bien intéressans, bien tendres ; et ces romans-là sont leur breviaire actuel.

D'ailleurs, les vers sont passés de mode : on n'en veut plus ; on n'en vend plus : mon libraire m'en a averti, et m'a dit qu'il ne répondait pas du débit de vingt exemplaires, si je ne mettais au frontispice de mon Recueil une jolie gravure. Je ne veux tenter personne ; je ne mettrai point de gravure ; je ne serai point vendu, et je ne scandaliserai guères que les critiques, qui, par état, lisent tout.

Ils auront à venger et les mœurs et le goût ; mais peut-être sentiront-ils que le scandale n'est dangereux que par l'éclat qu'on lui donne, et que cet éclat fait lire ce qu'on n'aurait pas lu. C'était autrefois une fortune pour les auteurs et les libraires, que la brûlure au pied du grand escalier du palais.

Si je suis peu moral, je suis aussi peu volumineux; mon scandale ne sera pas CONSÉQUENT, comme dit madame Angot : c'est le mieux de mon affaire.

Le Jugement de Pâris est mon dernier Conte (1); je le place à la tête de ce Recueil, parce qu'il est le plus long de mes œuvres en ce genre, et le plus soigné. Le ballet de l'Opéra qui porte ce titre, est le spectacle le plus brillant que puisse offrir la magie des arts. Il réalise une des plus belles fictions de l'antiquité. J'y ai reconnu, dans Vestris, le Pâris d'Ovide; je n'ai pu voir ce ballet sans une émotion poétique, et j'ai rimé mon Pâris à ma manière. Ce n'est malheu-

_____

(1) Il est de 1797.

reusement pas celle d'Imbert. J'avais lu
et admiré autrefois son poëme charmant.
C'est une témérité à moi de traiter ce
sujet après lui. Je sens combien je lui
suis inférieur ; Imbert était Poète, et
il a fait un poëme en quatre chants.
Je suis conteur, et j'ai fait un conte.
Imbert avait trente ans, et moi j'en avais
soixante et dix. Il doit exister entre lui
et moi autant de différence de talent à
talent, que de genre à genre, et d'âge à
âge. Excepté le sujet, qui est à tout le
monde, je ne puis avoir rien de commun
avec Imbert, et j'ai évité de lui ressem-
bler ; car, belle ou non, je pense qu'il
faut avoir une physionomie à soi, et j'ai-
merais mieux avoir fait, sur ce sujet, la
charmante chanson du mirliton de Piron,
que le poëme même d'Imbert.

Quant à mes chansons, je ne donne

point celles de ma jeunesse, dont plusieurs sont sorties de ma mémoire, et
d'autres peu dignes de voir le jour. La
plus ancienne de celles qu'on va voir, est
de 1773. Je n'en donne qu'une soixan-
taine; c'est peut-être trop encore; mais
on me dit qu'il faut au moins deux cents
pages à un Recueil; car, Dieu merci, la
littérature est une marchandise qui se
vend au poids et à la mesure.

———————

CONTES EN VERS,

CHANSONS

ET PIÈCES FUGITIVES.

LE

JUGEMENT DE PÂRIS,

CONTE.

A GLICÈRE.

L'AMOUR doit moins à la beauté,
Qu'à la grâce, qu'au don de plaire,
L'empire de la volupté.
L'aimable reine de Cythère
N'a point l'auguste majesté,
La beauté noble et régulière
Et de Junon et de Pallas ;
Elle a mieux, elle a... des appas.

Pour ces trois déesses rivales,
Transportant l'enfer dans les cieux,
La discorde agite les Dieux,

Et les divise en trois cabales :
On veut un arbitre ; et Pâris,
Choisi par la troupe immortelle,
Va juger la grande querelle
Une simple pomme est le prix
Qu'il doit offrir à la plus belle :
Mais un effet bien précieux,
C'est le juge : un charmant jeune homme,
Plus galant, plus frais que les Dieux,
Est un fruit plus délicieux
Au goût de Vénus, qu'une pomme.
Elle vient de perdre Adonis.
Dans les sanglots et dans les larmes,
Trois jours, trois solitaires nuits
Déjà décolorent ses charmes.
Mais il est un terme aux ennuis ;
Au tems, enfin, la douleur cède;
A Cythère, comme à Paris,
Trois grands jours... sont un grand remède:
La guérison attend Pâris.

 C'est le Minos de la Phrygie,
Le juge de tous les débats ;
C'est, par sa vaillante énergie,
L'Alcide de tous les combats.

Il sait, aux travaux de la guerre,
Allier les jeux de Cythère,
Et s'y distinguer tour-à-tour.
Il sait, d'Apollon qui l'inspire,
Manier et l'arc et la lyre.
Il est beau, svelte, fait au tour.
Esprit, grâces, délicatesse,
OEil éloquent, fleur de jeunesse,
Tournure d'un homme de cœur ;
En lui tout plaît, tout intéresse :
Tel, à vingt ans, serait l'Amour.
Né sur le trône, sa noblesse
L'approche encor de la Déesse.

Conquérir ce berger charmant,
N'est qu'un desir de la tendresse ;
Mais du juge faire un amant,
Voir deux rivales orgueilleuses,
A son triomphe furieuses,
Servir de pompe et d'ornement ;
Aux serpens de la jalousie
Livrer, bien cordialement,
Deux cœurs altiers qu'on humilie ;
Du voile de la perfidie
Couvrir ce manége innocent,

Trahir, blesser en caressant;
Voilà de la coqueterie
Le doux souci, le soin pressant.

Et tous ces biens sont dans la pomme
De la discorde: jugez comme
Ce fruit doit être appétissant!

Ces intentions amicales
Sont communes aux trois rivales :
Mêmes brigues, mêmes détours,
Même espoir et mêmes alarmes.
Chacune d'elles, au concours,
Prétend triompher par ses charmes,
Et par d'insidieux secours.
A la toilète on a recours;
On va se mettre sous les armes.

En baigneuse, en galant peignoir,
Paraît la reine de Cythère;
Elle vient, avec le mystère,
De tenir conseil au boudoir
Sur une délicate affaire....
Qu'un mortel ne doit point savoir.

L'Amour, aux beaux yeux de sa mère,
Présente, en riant, le miroir;

La glace, fidelle et sincère,
Etincèle de ses regards,
Et lui dit : A qui dompta Mars,
A Vénus, quel juge est sévère !

  Les plaisirs, les ris et les jeux,
D'un carmin que le lys tempère,
Animent son teint et ses yeux.

  Grâces, qui, d'une main légère,
Donnez aux plus simples atours,
Au bavolet de la bergère,
Les plus voluptueux contours,
Vous ne chargez point la Déesse
Des lourds brocards de la richesse,
Épais et gênant attirail.
Dans le plus pénible travail
L'art n'enfante que l'imposture :
Vous fuyez son luxe trompeur
Pour les beautés de la nature.
Vénus lui doit, comme la fleur,
Et ses appas et sa parure.

  Les perles du plus blanc émail,
Qu'avec choix Thétis appareille,
Dans sa bouche fraîche et vermeille,
Brillent sur le plus pur corail.

Voluptueusement assise
Sur deux coussins couleur de feu,
La délicate Mignardise
De ses lèvres règle le jeu ;
Donne une grâce enchanteresse
A leur douce mobilité ;
L'air de décence à la gaîté ;
L'expression à la tendresse ;
L'ame et le trait à la beauté.

 Ces lèvres, où l'amour soupire,
Ces deux rangs de perles, ces dents
Qu'il couvre de baisers ardents,
Je ne saurais les bien décrire ;
Mais je puis vous les faire voir,
Glicère ; daignez me sourire,
En vous regardant au miroir.
Il me fallait un beau modèle ;
J'ai cherché, je ne cherche plus ;
Je vous vois, j'esquisse Vénus :
C'est de vos charmes qu'elle est belle.
D'après vous, rendre trait pour trait
La plus ravissante figure,
La plus élégante tournure,
C'est, en faisant votre portrait,

Peindre Vénus d'après nature.

Jeune et naïve comme vous,
Son air piquant, plein de finesse,
N'en est pas moins air de Déesse.
Ses grands yeux bleus sont vifs et doux.

Sous chaste et mi-close paupière,
Ils semblent fuir l'éclat du jour;
Et, tout rayonnans de lumière,
Ces fripons, ces volcans d'amour,
Lancent sa flamme meurtrière.
A la pudeur, la volupté
Y donne l'hospitalité;
Et, par ce charme auxiliaire,
Les rend encor plus dangereux:
Ces yeux de ma Vénus, ces yeux
Que j'ai peints sur ceux de Glicère,
Où pouvais-je les choisir mieux?

Je dois encore à cette belle
Ce phénomène si joli
Dont mes pinceaux ont embelli
Le portrait de mon immortelle.

Complice d'un minois lutin,
Sur sa joue un signe assassin

Semble un petit bouton d'ébène.
A feindre ce bouton coquet,
Que nos Iris perdent de peine !
C'est une mouche dans du lait.
Sur les lys voisins de sa bouche,
Qu'il se plut à stigmatiser,
L'Amour charbonna cette mouche,
Pour marquer la place au baiser.

   Transparente et rose tunique,
Embrasse, en ses galans replis,
Les globes d'un sein élastique
Dont l'albâtre fait honte au lys,
Et se dénoue en bandoulière,
Dévoilant le pôle charmant
Dont brille le gauche hémisphère,
Pôle du plus subtil aimant ;
Joli petit bouton de rose,
Qui, ni jour ni nuit ne repose :
L'Amour règle son mouvement
Sur le plaisir dont il palpite ;
Il bat voluptueusement,
Haussant, baissant plus ou moins vîte,
Suivant que, plus ou moins d'ardeur
Presse le battement du cœur.

Éprise de ce sein d'ivoire,
Caressant sa double rondeur,
Une ample chevelure noire
En relève encor la blancheur.

Comme Cérès, toujours en blonde,
D'après les antiques tableaux,
On peint Vénus sortant de l'onde;
Moi, je peins des charmes nouveaux.

Teint de blonde, cheveux de brune,
Beaux yeux de saphir, surmontés
De petits arcs noirs bien plantés,
Offrent l'union peu commune
Des traits divers de deux beautés,
Et gagnent à n'en former qu'une.
Il fallut à Parrhasius
Les appas de plus d'une belle;
Il eût trouvé dans mon modèle
Tous les appas, toute Vénus.

De fleurs qui n'ont vu qu'une aurore,
Un tissu, varié par Flore,
Serpente, en festons gracieux,
Sur le voile mystérieux
Dont la Divinité se couvre,
Et que l'haleine des zéphirs

)

Enfle et furtivement entr'ouvre
Au gré des amoureux desirs.

 Je ne donne point de chaussure
A la ravissante Vénus ;
Et, pour embellir ma peinture,
Je laisse ses jolis pieds nus :
Telle est sa naïve parure.
Ainsi, par le goût dirigé,
L'art sait embellir la nature
Des recherches du négligé.

 Quant à la ceinture magique,
Chef-d'œuvre de l'antiquité,
Bijou, talisman poétique,
Depuis trois mille ans si vanté,
Qui, de la reine de Cythère,
Fit la reine de la beauté,
Je n'ai point la témérité
De la décrire après Homère.
Certes, j'en fais le plus grand cas ;
Avec l'univers je l'admire ;
Mais je me permettrai de dire
Que la ceinture ne vaut pas
Ce qu'elle dérobe d'appas.
D'ailleurs, dans cette grande affaire,

Où

Où tout se règle austèrement,
Elle sera peu nécessaire ;
- Le juge, scrupuleusement,
Ecartera de ce litige
Tout artifice, tout prestige,
. Comme on va voir au dénouement.

Mais de paraître en sa présence
Est arrivé l'instant fatal.
Mercure annonce l'audience,
Jupiter donne le signal ;
La crainte alarme l'espérance,
Le cœur bat au trio rival ;
Il part, conduit au tribunal
Par le mystère et le silence.

« Que nul témoin n'y soit admis ;
» Que l'arrêt soit irrévocable ;
» Que l'arbitre, par nous commis,
» Soit sacré, soit inviolable, »
Dit le céleste compromis.
Et le Styx, aux Dieux redoutable,
Qu'ils n'attestent point vainement ;
Le Styx a reçu leur serment.

Ah ! le bon billet !.. Mais, silence :
N'achevons pas ; car ce bon mot

B

Pourrait être entendu là-haut;
Junon dirait : Quelle insolence!
   COMME AVEC IRRÉVÉRENCE
   PARLE DES DIEUX CE MARAUD !
Du haut de la voûte azurée,
Trois chars, plus prompts que les éclairs,
Sur l'Ida, montagne sacrée,
Portent, en parfumant les airs,
Junon, Pallas et Cythérée.

Les plus superbes ornemens,
L'azur, la pourpre tyrienne,
Les rubis, l'or, les diamans,
Couvrent des Dieux l'auguste reine.
La noble et guerrière Pallas,
Des arts du luxe souveraine,
En éclat ne lui cède pas :
Sur sa tête, au lieu de couronne,
Brille le casque de Bellone.

Pour Vénus, elle a ses appas,
Qui ne doivent rien à personne.

Pâris les voit; à leur aspect,
A l'éclat qui les environne,

Saisi de crainte et de respect, (1)
Il fait quelques pas en arrière ;
Sous lui fléchissent ses genoux,
Et son front est dans la poussière.

Junon, d'un air affable et doux,
Et du ton le plus débonaire,
Lui dit : Pàris, relevez-vous ;
Approchez ; et bas à l'oreille :
Croi la grandeur qui te conseille
De n'offrir la pomme qu'à moi ;
Je dispense et force et richesse ;
Je te ferài le plus grand roi
Et de l'Asie et de la Grèce. (2)

A ces mots, un trône pompeux
Sort de terre et brille à ses yeux.....
Il les détourne avec noblesse.

Pallas croit s'y prendre bien mieux,
En lui promettant.... la sagesse.

---

(1) Obstupui, gelidusque comas erexerat horror
Cum mihi; posse metum. (OVID. HER. XVI.)

(2) . . . . Ingentibus ardent
Judicium donis sollicitare meum.
Regna, Jovis conjux ; virtutem filia jactat.

2

Cajolerie, offre, promesse,
Prestige, rien ne le séduit.
D'un œil doux et plein de tendresse
Vénus le regarde, et sourit. (1)
Ce regard est un trait de flamme
Que l'Amour lance dans son âme.
Ce sourire enchanteur lui dit :
Fortuné Pâris, Vénus t'aime ;
Donne-lui la pomme et ton cœur :
La sagesse, le diadême,
Valent-ils sa moindre faveur ?
Pâris soupire ; Amour, achève :
Par le fripon tout est prévu.
Sous une gaze qu'il soulève,
Le sein d'albâtre est entrevu.....
Déjà le juge est corrompu. (2)

Junon, Pallas, pauvres plaideuses,
Votre garant est sa vertu :
Ah ! que vos causes sont douteuses !

---

(1) Dulce Venus risit.

(2) Sed tamen ex illis jam tunc magis una placebat
    Hanc esse ut scires, unde movetur amor. (Ovid.)

Au fond de son cœur agité,
Pâris entend la voix confuse
De la rigoureuse équité,
Qui, tout bas, murmure et l'accuse;
Il tremble, il fuit, il se récuse;
Par Junon il est arrêté.
Ton inflexible intégrité
T'assure notre confiance,
Dit la Déesse; et le destin
Dont tu vas tenir la balance
La rendra fidelle en ta main. —

Hélas! charmantes immortelles,
Que ne puis-je me dégager!
A quelles épreuves cruelles
Mettez-vous un faible berger!
Toutes trois également belles,
Quand les Dieux n'osent vous juger,
Dois-je, arbitre de leurs querelles,
En prendre sur moi le danger?
Eh! pourquoi faut-il que j'offense
Par mon arrêt deux d'entre vous?
Que je mérite leur courroux?
Que je m'immole à leur vengeance?

Pâris sait mépriser les dons , (1)
Dit Vénus, non pas sans malice ;
L'arrêt que nous en attendons
Sera dicté par la justice.

Pallas, que pique la leçon,
Lui rend grâce du bon office,
De la dignité prend le ton,
Et dit : Que ce débat finisse.
Quel que soit votre jugement,
Pâris, ou contraire, ou propice,
Je l'attends indifféremment.
Qu'ajouterait-il à la gloire
De la Déesse des beaux arts ?
J'ouvre le temple de mémoire
Aux héros : c'est à moi que Mars
Doit le laurier de la victoire ;
C'est moi qui hâte ses succès,
Pour rendre le calme à la terre ;
Par moi , l'olivier de la paix
Répare les maux de la guerre.

De qui n'a que de la beauté,
Craignez la fureur vengeresse :

_____

(1) . . . . Nec te pari munera tangant.

On offense la vanité ,
On n'offense point la sagesse.

Plus piquée encore, Junon
D'un œil aigre-doux le regarde.
Que j'obtienne le prix ou non ,
Je vous prends sous ma sauve-garde ,
Dit-elle : la reine des cieux
Ne règne que par la clémence :
M'abaisser jusqu'à la vengeance ,
Moi ! Pàris : respectez des Dieux
L'impartiale providence ;
Soyez impassible comme eux.

Pauvres Troyens ! que les Déesses
Tiendront bien ces belles promesses !

Vous le voulez, dit le berger ? —
Oui. C'est la volonté suprême
Des Dieux et du Destin lui-même. —

Déesses , je vais vous juger ;
Mais songez bien, je vous supplie,
Qu'il faut qu'en ce moment j'oublie
L'épouse du maître des Dieux ,
Ses filles : rien ne m'en impose ;
Je vois, non le rang glorieux,
Non la personne , mais la cause.

Un moment, de votre côté,
Descendez jusqu'à ma faiblesse;
Oubliez la divinité ;
Dépouillez l'éclat qui me blesse ;
Offrez-moi la naïveté ,
La pure élégance des Grâces :
Quittez ces trompeuses surfaces ,
Ces vains ornemens inventés
Par l'artifice et l'imposture,
Pour cacher des difformités.
Le beau n'est que dans la nature.
Sans voile on peint la vérité ;
Sa nudité la rend plus pure :
Je n'écoute que l'équité.
Votre pudeur en vain murmure....
Je suis juge de la beauté :
N'est-elle que sur le visage ?
Que d'appas, de roses, de lys
Sous ces brocards ensevelis !
Sein d'albâtre, svelte corsage ,
Genou d'ivoire , beau bras rond ,
Jambe faite au tour, pied mignon ,
Des belles formes l'assemblage ;
Mille attraits dont je tais le nom ,

Et tous dignes de mon hommage,
Adorables Divinités,
En vous sont autant de beautés
Qu'il faut soumettre à mon suffrage.
Sur vos appas les plus secrets
Le Destin veut que je vous juge :
Ma bouche et mes yeux sont discrets :
Voici la pomme ; je l'adjuge
A celle qui réunira
Au plus haut point ces beautés-là.

Si cette loi peut vous déplaire,
Quitte d'un emploi dangereux,
Et soustrait à votre colère,
Je remettrai la pomme aux Dieux.
Pallas, aussi chaste que fière,
S'indigne, murmure, rougit ;
Junon, orgueilleuse et sévère,
Ne peut contenir son dépit :
Vénus applaudit et sourit.
Mais bientôt ce malin sourire,
Pris pour un orgueilleux défi,
Aux deux rivales a suffi,
Et leur conseille de souscrire
A la loi qu'on vient de prescrire.

On se pique, on est révolté ;
Vainement la pudeur soupire ;
On l'immole à la vanité,
Et l'arrêt est exécuté.

La voûte d'un sombre feuillage,
Impénétrable aux traits du jour,
Prête au mystère son ombrage ;
Et Junon, d'un épais nuage,
Enceint, par un triple contour,
Le plus solitaire bocage.
Voulant en écarter l'Amour,
Elle-même l'y met en cage ;
Il va jouer un nouveau tour.
Est-il rien que le fripon n'ose ?
Caché sous la métamorphose,
Il a pris la forme et la voix
Du chantre harmonieux des bois ;
Il fredonne sur un branchage.
Les trois Déesses et Pàris,
Tous les oiseaux du voisinage
L'écoutent, charmés et surpris
De la douceur de son ramage.
Les plus amoureuses chansons,
Pour Pàris seul intelligibles,

Sont autant de tendres leçons,
De séductions infaillibles,
Qui sollicitent pour Cypris
Et le cœur du juge et le prix.

   Les Déesses, sur la verdure,
Dans une chaste anxiété,
Déposent leur riche parure;
Rien ne voile plus la beauté
Que leur prodigua la nature.
L'Amour, rossignol effronté,
Sous les yeux mêmes du mystère,
Repaît sa curiosité,
Vole, et d'une aile téméraire
Effleure le sein de sa mère,
Qui d'un baiser est becqueté.
Sur celui de chaque rivale,
En sifflant leur pudicité,
Il prend une licence égale;
Redouble, et de la volupté
Entonne l'hymne triomphale.

   Voici le critique moment
Que tout plaideur hâte et redoute,
Où de son droit lui-même il doute,
Et pâlit à son jugement.

Vous tremblez, Déesses altières :
Un mortel, un simple berger
Intimide vos âmes fières ;
Sans appel il va vous juger.
Son siége est une souche antique ;
Son dais un rocher caverneux,
Informe et sauvage portique,
Dont le front semble atteindre aux cieux.
Ce tribunal sombre et rustique
En impose plus à vos yeux
Que la splendeur asiatique
Du trône le plus fastueux.
C'est là qu'un arrêt fatidique
Va juger la cause des Dieux.

Ah ! que de malheurs il présage
Cet arrêt, cet affreux signal
De guerre, d'horreur, de ravage !
Aux Troyens qu'il sera fatal !

Les Déesses, à l'audience,
Marchent avec peu d'assurance.
Fidelle au cérémonial,
Vénus cède la préséance
A l'orgueil du couple rival ;
Elle attend et reste en arrière.

L'Amour,

L'Amour, d'un ramage augural,
Chante le gain de son affaire.
Le juge est sur son tribunal.
Par le mystère et le silence,
Junon, Pallas, d'un pas égal,
Sont conduites en sa présence.
Pâris les voit. Il est surpris,
Se recueille, compare, admire.
Il hésite; il est indécis,
Et son cœur n'a rien à lui dire :
Il s'écrie : Ah ! que de beautés !
Quel accord ! quelle ressemblance
Étonnent mes yeux enchantés !
En équilibre est la balance ;
Jugez vous-mêmes, justes Dieux,
Et vous serez forcés de dire
Qu'une pomme ne peut suffire ;
Vous la partagerez en deux.
A ces mots, un coup de tonnerre,
Doublé par l'écho d'un vallon,
Eclate, et fait trembler la terre.
La voix de la foudre dit : Non,
Ne balance plus, téméraire ;
La pomme appartient à Junon.

C

La résistance est impuissante ;
Junon est la reine des airs :
Pàris cède, et sa main tremblante,
Au feu menaçant des éclairs,
Lentement, à regret, présente
La pomme ; mais soudain Cypris
Accourt.... (elle est éblouissante ;)
Elle crie : Arrête, Pàris ;
Tu dois et me voir et m'entendre
Avant de décerner le prix.
Si ma beauté n'y peut prétendre,
J'ai du moins à le disputer
Un droit qu'on ne peut contester.

Reprenant sa forme ordinaire,
L'Amour, sur son arbre perché,
Va faire triompher sa mère ;
Un trait plus sûr que le tonnère,
Par le Dieu malin décoché,
Vole, atteint Pàris. Il succombe.
Éperdu, consumé de feux,
Aux pieds de Cythérée il tombe ;
Toute son ame est dans ses yeux ;
Le cri part : La voilà, c'est elle,
C'est Vénus.... Charmante immortelle,

Vous m'enivrez de volupté ;
Tous mes sens n'y peuvent suffire. . . .
Par quel Dieu suis-je tourmenté !
Il m'égare. . . . mon cœur soupire. . . .
Ah ! de quel trait il est blessé ! . . .
Vénus ! . . . O ciel ! . . . qu'allais-je dire ! . . .
Prenez pitié d'un insensé ;
Ne punissez point mon délire ;
N'y voyez qu'un signe certain
De la présence du destin :
C'est lui qui m'agite ; il m'inspire. . . .
Par lui cet oracle est dicté.
« Que les Dieux, les humains, que tout ce qui respire,
    » De Vénus adore l'empire ;
    » Elle est reine de la beauté. »
        J'ai parlé. Maintenant la foudre
Peut frapper et réduire en poudre
L'heureux Pâris à vos genoux.
Il vous a vue, il vous adore ;
Sans exciter votre courroux,
Que peut-il desirer encore ?
Sa mort lui fera des jaloux.
    La pomme semble d'elle-même
Se présenter ; Vénus la prend,

Pour la tenir de ce qu'elle aime,
Mais à Pâris elle la rend.

Mesdames, vous devez comprendre
Que les rivales, sans attendre
La fin de ce beau compliment,
Avaient prévu le jugement,
Et que la crainte de l'entendre
Les a fait fuir très-prudemment.
Elles sont loin. Vénus soupire;
Elle regarde tendrement
Pâris, son juge, son amant :
De la volupté qu'elle inspire,
Elle éprouve aussi le tourment.
Brûlante des feux qu'elle allume,
Impatiente, ivre d'ardeur,
Elle abandonne à son vainqueur
Tous les trésors de son costume.
Sur l'herbe que Flore parfume,
Elle rend à l'heureux Pâris
Baisers pour baisers, prix pour prix.

L'Amour triomphe, et de sa gloire
Voulant rendre jaloux les Dieux,
S'envole, et va remplir les cieux
Du scandale de sa victoire.

LE SORCIER

A LA NOCE DE VILLAGE,

o u

LE NŒUD DE L'AIGUILLETTE,

C O N T É.

L'Amour de ville et l'Amour de village
Sont frères, sans avoir mêmes dons en partage.
    Pour les distinguer, en un mot,
    L'un est un fripon, l'autre un sot.
Le sot va figurer, mesdames, dans mon conte ;
S'il est pauvre d'esprit, il est riche en vigueur ;
    C'est un robuste défricheur ;
Fermière qui l'emploie y trouve bien son compte,
Et souvent il s'élève à de plus hauts destins ;
Beau, bien fait, bien doté par le Dieu des Jardins,
Et du calibre heureux de l'antique noblesse,
Ce mignon, adoré de baronne et duchesse,
Successeur douairier de brillans paladins,
Sous le nom de Picard, Champagne ou la Jeunesse,

                  3

A, dans de beaux palais, mille autels clandestins,
Desservis par Bacchus et le Dieu des Festins.
C'est là qu'il vit au large, en bombance et liesse ;
Mais aussi, quel labeur et la nuit et le jour !
Les beaux sophas dorés des boudoirs de la cour,
   Sous lui ne sont meubles de la mollesse.

Son frère est plus frugal et moins ambitieux ;
Il fuit les grands châteaux ; il se trouve bien mieux
En petite maison, même en petite hutte,
   Chez jeune beauté qui débute.
Tels sont mes deux Amours. Mesdames, je ne veux
Sur les goûts différens élever de dispute ;
Entr'eux on peut choisir, ou les prendre tous deux.
   Mais abrégeons ce préambule ;
Tout conte est, par le fond, plus ou moins graveleux ;
  C'est au conteur de dorer la pilule,
    Et d'escamoter la férule
    Du chaste et sévère scrupule :
C'est ce que je ferai, mesdames, de mon mieux.
    Je sais que ce n'est pas la chose,
    Mais le mot qui vous indispose.
J'esquiverai le mot ; et sous vos éventails
Glisseront à couvert quelques menus détails.
    Ce point convenu, je commence,

En implorant votre indulgence.

Roch est un jeune paysan

Bien sot, fort amoureux de la fille à Grosjean,

Nommée Agnès, la perle du village;

Beauté naïve, au svelte et fin corsage;

Aux grands yeux noirs, d'un langage éloquent :

Un petit nez en l'air, du plus heureux présage,

Donne un air mutin et piquant

Aux traits du plus joli visage.

Globes d'ivoire faits au tour,

Sont des chefs-d'œuvres de l'amour.

Le hâle aux lys de sa figure

A fait quelque légère injure ;

Mais sous fichu, jupe et corset,

Peau de satin plus blanc que lait,

Fait un charmant contraste avec le noir de jayet

D'un élégant buisson d'ébène,

Bosquet délicieux, taillis naissant.... Hola !

Dit la pudeur... Ma foi, c'est avec peine

Que je quitte ce buisson-là :

Il faut pourtant que j'y revienne,

Ou que mon conte en reste là.

J'ai dit qu'Agnès de son village

Etait la perle ; quant à Roch,

4

Il en était aussi le coq.

Bref, ces amoureux de même âge,

A dix-huit ans, tous deux bien beaux,

Tous deux bien innocens, bien sots,

Sont unis par le mariage.

La messe est dite. On se rend au festin

Chez le cabaretier Martin,

Qui jamais n'eut tant de besogne :

Lui-même il a tout fait, en cuisinier fameux,

Jusqu'aux pâtés de Périgueux,

Jusqu'aux saucissons de Boulogne,

Et dix sortes de vins.... des Dieux,

Reconnus par plus d'un ivrogne

Pour les têtes de la Bourgogne.

C'est du Chambertin, du Pommar,

Du Beaune enfin; c'est.... du nectar.

Si Martin n'a point pris la peine

De faire du mousseux Aï,

C'est qu'en droiture, et par ami,

Il lui vient tout fait de Surenne.

La noce, au son du violon,

Arrive en pompe au grand salon,

Bien poudrée, en chemises blanches,

Dans les atours des beaux dimanches;

Gros bouquets, cocardes, rubans,

Et mains noires dans des gants blancs.

On a servi : Martin l'annonce ;

Un cri de joie est la réponse.

Lièvres, lapins, pâtés, saucissons, aloyaux,

Dindons, poulets, canards, pigeons et vieux perdreaux

Flattent l'odorat et la vue

De la villageoise cohue.

Près de la mariée, à table est le pasteur,

Qui figure là mieux qu'au chœur.

On ne mange pas, on dévore,

Et la soif surpasse la faim.

On n'a qu'un cri : Garçon, du vin ?

Ici, garçon ; du vin ?... Encore

On verse, on trinque, on boit à la santé

De madame la mariée ;

De Roch et de la parenté ;

De quatre-vingts santés, pas une d'oubliée.

On brâille, on rit, on chante et chorus et refrein,

Plus discordans que le crin crin

Du gros ménétrier Sylvestre,

Qui tout seul joue à grand orchestre.

Il faut vous dire que Colin,

Jeune berger du voisinage,

Aimait et demandait en vain

Agnès, et son cœur et sa main,

Et son..... mais Roch a l'avantage

D'avoir le tout; si bien donc que Colin,

Piqué, jaloux, et fort malin,

Médite à part-soi sa vengeance

Dans le silence :

Colin fait le double métier

Et de berger et de sorcier.

C'est tout un, comme on sait. Il n'est bruit au village

Que de maléfices, de sorts ;

Il ressusciterait les morts ;

Il ferait même davantage :

Il a signé de son sang, dans l'enfer,

Un pacte avec Lucifer.

Mon Roch sur-tout le croit dur comme fer,

Et voilà justement la cause

Qui d'Agnès a ravi la rose

A l'amour du pauvre berger :

On n'épouse point un sorcier.

Colin attend la nuit avec impatience ;

Car ce n'est que pendant les nuits

Que sorciers sont sorciers, et que tous chats sont gris.

Il prépare sa manigance,

Pour faire à son heureux rival

Grande peur, et s'il peut, grand mal.

Il va tirer de son armoire,

Longue jaquette rouge et noire ;

Barbe horrible à crins bleus, perruque de chiendent,

Bonnet à la Midas, masque de chat-huant ;

Puis, en sorcier se transmuant,

Il sort, muni de baguette et grimoire.

On ne boit plus, il est minuit ;

On a rempli sa panse ;

On est las de la danse ;

Et la noce, à grand bruit,

Accompagne et conduit

La mariée au lit.

C'est là que la bande joyeuse

Et vineuse,

Et grossièrement graveleuse,

Pour la jeune épouse est fâcheuse.

Après maints quolibets bien gros,

Et maints détestables bons mots,

La cohue enfin fait silence,

Et monsieur le curé s'avance

Dans l'appareil sacramental.

Il redoute Colin et son art sacrilège :

6

Pour prévenir tout sortilége,
Il bénit le lit nuptial ;
Il conjure l'esprit immonde ;
Dit : VADE RETRO. Tout le monde
Mourant de peur, se signe et chante AMEN ;
Puis, pour sanctifier l'hymen,
Le pasteur de l'eau sainte asperge
La chambre et les époux ; puis il allume un cierge,
Dont le miraculeux éclat
Est redouté du diable, et fait fuir le sabbat.
Toute la nuit ce flambeau tutélaire
Doit éclairer le saint mystère,
Le grand œuvre du sacrement,
Qui fait, vous savez bien comment,
D'une vierge, une épouse et mère
PER SANCTUM MATRIMONIUM,
AD MULTIPLICANDUM MUNDUM.
AMEN. On se retire ; et jusqu'au presbytère,
Toute la noce, par honneur,
Reconduit le ribaud pasteur,
Que les charmes d'Agnès, le vin, la bonne chère
Ont mis en amoureuse humeur.
Le saint homme va faire avec sa chambrière,
Ci-devant Catherine, et maintenant Catin

En bon français, ce qu'en mauvais latin,
A Roch, avec Agnès, il a permis de faire.
Les époux restés seuls ont fini leur prière ;
Ils se couchent ; voilà mon impatient Roch
    Qui s'apprête à livrer le choc,
    Ou bien plutôt à faire troc
    De pucelage à pucelage,
    Car il possède aussi le sien.
Agnès et lui ne savent rien de rien,
Tant chacun d'eux est sot, à force d'être sage :
    Tout pourtant se passera bien ;
    Tout prend assez bonne tournure ;
    Car à l'école de nature,
    Quand on a pour maître l'Amour,
On est aussi bientôt maître à son tour.

    Quoique la pudeur en murmure,
    Je vous avouerai franchement,
    Mesdames, que je me figure
    Être à ce spectacle charmant :
    J'y vois avec ravissement
Lever la toile, et jouer l'ouverture.

    Mais qui nous trouble ! quelle horreur !
J'en suis glacé moi-même de terreur.

Où fuir ! Quel spectre épouvantable !

Quel monstre affreux ! Est-ce le diable ?

Est-ce Robespierre, ou.... lin ?

Dieux ! c'est le sorcier !... c'est Colin !

Contre sa puissance infernale,

Que peuvent le curé, sa croix, son eau lustrale,

Et son cierge bénit, et l'exorcisme ? Rien.

Il y perd son mauvais latin.

Maître des élémens, disposant du tonnère,

Le sorcier, de la chambre enflamme l'atmosphère ;

Des tourbillons de feux enveloppent le lit ;

La fumée à l'éclat fait succéder la nuit ;

Soudain du Phlégéton, l'affreux et noir bitume,

En pétillant de nouveau se rallume,

Et de nouveau la clarté fuit.

D'un vieux hibou, de sinistre présage,

Le cri lugubre est trois fois entendu ;

Et le coucou du voisinage,

Trois fois changeant ses ous en u,

Au lieu de coucou, dit cocu, cocu, cocu.

Un rat audacieux, au pied de la couchette,

Effrontément vient se mettre en védette,

Et semble dire à Roch, saisi d'effroi :

Tu ne prendras qu'un rat, qui ne sera pas moi.

Poussant, du fond de sa poitrine,
Une voix sépulcrale à Roch le sorcier dit :
 Tremble, malheureux : point de bruit,
 Ou, dans l'instant, je t'extermine.
 Je viens du fin fond de l'enfer,
 Où j'ai soupé chez Lucifer.
Tu vois ces nœuds fatals; ils sont, par Proserpine,
Filés pour me venger, et te nouer la. ... rime.
 Par le complot le plus noir,
 Tu me ravis tout espoir;
 Tu m'enlèves ce que j'aime,
 Mon Agnès, mon bien suprême,
 Et je le souffrirais ! Non;
 Tu n'es plus Roch que de nom.
Abracadabra brac satanas, flin, flan, flou :
 Par ces trois tours de baguette
 L'opération est faite;
 Je... t'ai... noué.... l'aiguillette.
A ces terribles mots, chacun s'évanouit,
 Et le sorcier Colin s'enfuit
Comme il était venu ; car c'est par une échelle,
Que le fripon, monté chez les époux heureux,
 Qu'il savait n'être pas chez eux,
 S'était tapi dans la ruelle,

Derrière le rideau du lit,
Affublé comme je l'ai dit.
Et c'est de la résine en poudre,
Qui, soufflée en un bâton creux
Sur la flâmme du cierge, a fait ces jets de feux
Que nous avons pris pour la foudre.

Après ce prodige, esprits forts,
Quand notre mère sainte église
Croit aux sorciers, les exorcise,
Traitez encore de sottise,
Si vous l'osez, les sorciers et les sorts !

Vous pouvez juger du tapage
Que fait ce tour dans le village ;
Agnès en a le cœur contrit,
Et Roch en perd son peu d'esprit.
Vous vous attendrissez, mesdames ?
Mon récit vous perce le cœur ?
L'aiguillette nouée est sans doute un malheur
Fait pour toucher vos belles ames.
J'entre bien dans votre douleur ;
Je sais que la pitié qu'inspire un mal extrême
Est l'effet du retour que l'on fait sur soi-même.
Vous ne vous dites point tout bas,

Comme diraient bien des coquettes :
Que m'importe ! Colin n'a pas
Noué toutes les aiguillettes.
Le mal d'autrui vous touche de plus près.
Vous gémissez avec la jeune Agnès
De voir sécher sa fleur à défaut de culture ;
Vous dites : Ce buisson délicieux et frais,
Dont nous avons interdit la peinture,
Il ne sera donc plus qu'un buisson de cyprès.
Rassurez-vous, séchez vos larmes ;
Ne redoutez rien pour les charmes
De mon Agnès ; ils sont à bonne ration :
Mais le bien et le mal sont dans l'opinion.
Deux jours après, défait, couvert de honte,
Roch va chez monsieur le curé
Se faire exorciser ; dit son MISERERE ;
Et, tout en sanglotant, raconte
Le fait qui cause sa douleur.
Son récit est plein de candeur ;
Son style au plus naïf, sans détour, sans figure ;
C'est le mot propre, enfin ; il vous ferait horreur.
C'est ici qu'est la gravelure,
Mesdames ; mais n'ayez point peur ;
Ce n'est plus Roch, c'est moi qui parle à la pudeur,

Et la gaze de l'art va voiler la nature.

En style figuré, prescrit à tout conteur,

Je dis que ce n'est point du principal acteur

Que Roch se plaint ; il convient que le drôle

Joue énergiquement son rôle ;

Mais ses deux confidens semblent frappés de mort.

Leur inaction le désole ;

C'est sur eux seuls qu'est tombé tout le sort,

Et le nœud du sorcier les tient comme en bricole.

L'acteur, brillant, rapide, impétueux,

Est un autre Lekain. Plein du Dieu qui l'anime,

Il s'élève en géant ; et de son front sublime,

Comme Horace il frappe les cieux ; (1)

Le théâtre qu'il foule est brûlant de sa flamme ;

A chaque acte il déchire.... l'âme.

Il arrache du cœur des pleurs délicieux,

Tels que jamais n'en ont versé les yeux.

Un beau délire le transporte ;

Et ses vils confidens, ces bouche-trous piteux,

Que le plaisir appelle, et que la gloire exhorte,

Au lieu d'entrer.... en scène avec notre héros,

D'y faire les beaux bras, ils gardent les manteaux,

_____

(1) Sublimi feriam sidera vertice.

.Et restent cloués à la porte,
Comme loups et renards aux portes des châteaux.

Les miens aussi, benêt. Ah! la bonne sottise!
 Dit le curé; ce n'est point à l'église,
C'est au château, bon Roch, qu'on t'exorcisera.
 Va-t-en trouver madame la marquise;
L'acteur, les confidens, tout en scène entrera.

 L'histoire dit que l'imbécille y va:
Son exorcisme fait un grand bruit à la ronde;
Et c'est, dit-on, depuis ce beau miracle-là
Que l'on voit tant de Rochs fourrés dans le grand-
    monde.

LA POULE AU RIS.

Une fringante et joyeuse princesse
Fatigue vingt chevaux par jour,
Courant, non les temples à messe,
Mais les chapelles de l'Amour,
Dont cette fervente prêtresse
Dessert vingt autels tour-à-tour.

Bourguignon, son cocher, a du mal comme un fiacre,
    Et comme un fiacre il jure, il sacre
    Contre l'Amour et ses autels,
    Qu'il traite de.... lieux tels que tels.
    Après avoir couru sans cesse
    Le jeu, les boudoirs et le bal
    Toute une nuit du carnaval,
    Par la neige et le froid, l'altesse
    Rentre enfin au palais-royal.
    Brûlante encor d'un feu lubrique,
    Elle y trouve un billet pressant,
    D'un style plus gai que décent,
    Contenant ce gaillard distique :
« Chez Melfor, l'Amour à Cypris
» Offre un.... et la Poule au ris. »
    Des deux mets l'appétit la presse.
    Qu'on ne dételé point, qu'on laisse
    Mes chevaux : l'ordre à Bourguignon
    Est donné de par son altesse.
    Sacred... j'ai bien du guignon,
    Dit le cocher plein de colère;
    Que son altesse aille se faire....
    Bourguignon a le verbe haut;
    Au loin va retentir ce mot

Si dur dans sa bouche grossière,
Si doux dans l'amoúreux mystère ;
Ce mot d'un usage ordinaire
A son altesse en ses ébats.
Elle l'entend, rit aux éclats.
C'est justement là que je vas,
Bourguignon ; touche, et ventre à terre.

Déjà les coursiers bondissans
Font jaillir le feu sur la neige ;
Bourguignon, du haut de son siége
Jure, éclabousse les passans,
Et rit de leurs cris maudissans.
Le char vole, et l'altesse arrive.

Il n'est besoin que je décrive
Les apprêts du festin exquis :
C'est l'Amour qui l'offre à Cypris ;
Les grâces, la délicatesse,
En font les honneurs et les frais ;
Tout est digne de la Déesse.
Salon bien chaud, nectar bien frais,
Couvert brillant, chère divine,
Et, pour raison que l'on devine,
Force trufles dans tous les mêts.

Au milieu de vingt plats domine

Un succulent chapon au ris,
Doré par un jus de perdrix.

   Melfor et Cypris, tête-à-tête
Se suffisent pour cette fête :
Ils sont à table, et le chapon
Sur lequel l'appétit prélude,
Est trouvé si juteux, si bon,
Qu'on lui livre un choc assez rude.
Le Pomar, l'Aï, le Tokai, (1)
Eveillent l'aimable saillie ;
Elle prend sa place au banquet
Entre Bacchus et la Folie.
Cette excellente compagnie
Est quittée enfin pour l'Amour,
Qui veut avoir aussi son tour,
Et terminer la douce orgie.
De la table on passe au boudoir ;
La chère n'y sera la même ;
Ce sera chère de carême ;
Ce sera... rien, comme on va voir.
Melfor, loin de remplir l'espoir

———————————————

(1) Tokai et banquet riment mal à l'œil, mais bien à
l'oreille.

De la voluptueuse altesse,
Est de glace; et dans sa détresse,
Il s'en prend à la Poule au ris,
Qui vient d'engourdir ses esprits.
Il est nul : on se désespère :
Ambre, pastilles, rien n'opère,
Pas même les soins de Cypris ;
L'enchantement est invincible ;
Et toujours Melfor à grands cris
De maudire la Poule au ris.

Mais soudain quel tapage horrible !
Les juremens de Bourguignon
Ébranlent toute la maison.
On entend sa voix de tonnerre
Se mêler aux cris des chevaux ,
Et sous leurs pieds tremble la terre.
La cour est pleine de badaux
Fort empressés pour ne rien faire.
Les amans volent au balcon :
Qu'est-ce ? dit Melfor en colère;
C'est le diable, dit Bourguignon,
Le diable de la paillardise,
Qui nuit et jour me tyrannise,
Et me fait détester mon sort.

Je ne sais quel est le butord
Qui fait sortir de l'écurie
Votre infernale jument pie ?
Ribaude, toujours en chaleur,
Elle a mis si fort en humeur
Mes chevaux, qu'ils font peste et rage ;
Ils ont brisé tout l'équipage.
Tenez, voyez-en les débris. ——
Donne-leur de la Poule au ris,
Dit l'altesse éclatant de rire ;
C'est le moyen de les réduire :
Donne-leur de la poule au ris.

LES DEUX BÉNITIERS.

A dix-neuf ans, le bon Jocrisse,
Grand, gros, bien râblé, beau garçon,
Résiste au plus dur exercice ;
Il a la force d'un Samson,
L'innocence d'une novice,
La stupidité d'un oison ;
Ne sait de quel sexe est Suzon ;

Ne

Ne pense pas plus à malice,
Que quand il était en nourrice.
La tardive nature enfin
Se développe un beau matin
Dans les sens de cet imbécille :
Prométhée anime l'argile ;
Le roseau se change en épieu ;
Jocrisse a le réveil d'un Dieu.
Mais loin que l'idiot bénisse
La nature et le ciel propice,
D'où lui vient ce réveil divin,
Il l'attribue à la malice
D'un sorcier appelé Colin,
Berger du village voisin.
C'est un sort, c'est un maléfice;
Si l'arc se roidit et se tend,
C'est qu'il est bandé par Satan.
Jocrisse pleure, tant est dure
L'irritation qu'il endure.
Il fait trente signes de croix,
Se recommande à saint François :
Rien n'y fait, et le mal redouble.
Plein d'effervescence et de trouble,

D

Il se lève, et tout effaré
Va se confesser au curé.
Le pasteur, gaillard et bon drille,
Aime le jeu, le vin, la fille;
Se fait lui-même ses neveux;
Est malin et facétieux.
Il entend, de fil en aiguille,
Le cas plaisant, et de son mieux
Garde un imposant sérieux.
Il appelle. Holà, Marguerite?
(C'est la nièce du bon pasteur,
Quoiqu'il n'ait ni frère ni sœur.)
Va, dit-il, me chercher bien vîte
Le bénitier plein d'eau bénite;
Et toi, misérable pécheur,
Vers le ciel élève ton cœur.
Marguerite vient; elle apporte
Un grand bénitier large et creux.
Le curé lui dit qu'elle sorte,
Et tire la clef de la porte.
Ce manége mystérieux
Paraît fort étrange à la nièce :
Chez le curé, dame et maîtresse,

Et couchant au grand lit à deux,
Elle a le secret de l'église.
Pourquoi n'est-elle pas admise.
A cet acte religieux ?
Entre ses dents elle en murmure.

Lorgnant au trou de la serrure,
Elle voit, d'un œil curieux,
L'imbécille et brillant Jocrisse
Dans un fort comique exercice.
A genoux, les larmes aux yeux,
Il invoque la sainte Vierge ;
De la main gauche il tient un cierge ;
La droite, dans le bénitier,
Agite et met à la torture
Le beau sceptre de la nature,
Comme un pilon dans un mortier.
Quel remède pour la jaunisse,
Que le mal dont se plaint Jocrisse !
Ce mal ne cause point la mort ;
Il produit l'effet tout contraire :
Chez l'amour, il tourmente fort ;
Chez l'hymen, il ne dure guère.
La lorgneuse admire, et tout bas
Se dit ; Ah ! la belle existence !

Mon cher oncle n'y pense pas !
S'en jouer ainsi ! quelle offense
Envers la sainte providence !
S'il plaît à Dieu, plus doux emploi
Bientôt l'occupera chez moi.
C'est l'hiver que cela se passe,
Et l'eau bénite est à la glace.
Le froid agit ; en un instant
L'acier du ressort se détend ;
L'altière et menaçante pique
Fait la courbette en contre-bas ;
Et perdant sa grâce élastique,
Pour la nièce n'a plus d'appas.
Après cette cérémonie,
Qu'elle trouve trop tôt finie,
Doucement, dans la salle en bas,
Toute émue, elle se retire,
Ayant plus à penser qu'à dire.
   Le beau miracle est opéré.
Après PATER, MISÉRÉRÉ,
Ou, je ne sais quelle prière,
Jocrisse à monsieur le curé
Offre son petit honoraire,
Et s'en va... Le curé joyeux

Rit comme un fou, conte à sa nièce
Ce qu'elle sait : la bonne pièce
Écoute d'un air dédaigneux,
Et par pudeur baisse les yeux.

Le lendemain, crise pareille
Reprend Jocrisse, et le réveille ;
Au presbytère il court soudain ;
Mais le curé, de grand matin,
Est parti pour chanter la messe
Au village de Saint-Martin
Dont c'est la fête. Force vin,
Grosse chère, joie et liesse,
Bien plus que l'office divin,
Retiennent le curé. La nièce
Seule est restée à la maison.
Elle voit entrer notre oison :
Venez, venez, mon cher Jocrisse ;
Si vous avez le diable au corps,
C'est moi qui le mettrai dehors.
Je connais votre maléfice ;
Monsieur le curé m'a tout dit ;
En son absence il m'a prescrit
De faire pour lui le service :
J'officie aussi bien que lui.

3

Du sort qu'on nomme priapisme,
Je vais vous guérir aujourd'hui :
Pour cette espèce d'exorcisme,
J'en remontre aux gens du métier.
Il n'est sortilége qui tienne ;
Le diable, dans mon bénitier,
Comme un enragé se démène ;
Mais tambour battant je le mène,
Et lui fais demander quartier.

 Jocrisse entre. On ferme la porte ;
On tire verroux et rideau,
Et tout est disposé de sorte
Que rien n'y manque. Le nigaud
Se met à genoux ; à la Vierge
Dit un AVE, demande un cierge
Et le bénitier. —Le voilà. —
Ce n'est pas l'béniquier d'l'église ? —
Non, c'est le bénitier du lit,
Dont mon oncle se sert la nuit,
Lorsque lui-même il s'exorcise.
Viens. —Bah ! c'est un béniquier, ça ?
Ah ! qu'il est donc drôle, stilà !
Rien qu'à l'voir ça r'double ma crise.

 Pour ne point dire une sottise,

Mesdames, j'en resterai là.
Ma muse pudique et sévère
Se tait sur ce qui va se faire ;
Mais il ne faut être bien fin
Pour deviner quelle est la fin
De cette véritable histoire.
Il est tout naturel de croire
Qu'elle est brillante, et fait honneur
A l'actrice ainsi qu'à l'acteur.
Le bénitier joue un beau rôle,
Et monsieur Jocrisse est un drôle
Qui sait en tirer grand parti,
Car son sortilége est tenace.
Foin du béniquier à la glace,
Dit-il, et vive celui-ci !
Qu'il est bon et chaud ! Grand marci,
Mademoiselle Marguerite,
Ainsi que de votre eau bénite.
Si Colin m'ensorcèle encor,
A vous je reviendrai bien vîte.
Comme vous délivrez d'un sort,
Et mettez les diables en fuite !
Je sens le septième qui sort.

LE PRÊTRE JUREUR.

JE frémis, quand j'entends jurer.
Comment ose-t-on proférer
Ces mots immondes, exécrables,
Ces mots de la langue des diables !.
O jeunes gens, ne jurez pas ;
C'est un défaut horrible et bas ;
C'est une habitude grossière,
Dont on ne peut plus se défaire.
Le jureur jurera toujours :
Facile à se laisser distraire,
Il souillera le plus grave discours,
Du sale B, de l'F obscène.
Ainsi jurait Jean-Bart, en parlant à la reine.
Ainsi parlant du sénat et des lois,
Jurait l'affreux Père Duchesne.
Ainsi jurait un vieux prêtre hibernois,
De très-scandaleuse mémoire :
Il eût juré sous le sacré harnois ,
Tenant en main le saint ciboire.

Vous en allez juger; écoutez son histoire ;

Dans Paris, elle a fait éclat.

Le bonhomme, dans sa jeunesse,

Avait été vingt ans soldat,

Et conservait, dans sa vieillesse,

Le langage et l'esprit de son premier état.

Il était ce qu'il pouvait être,

Un pauvre diable, un bon grivois,

Grenadier sous l'habit de prêtre ;

Aussi savant qu'un fils de saint François,

Aussi dévot qu'un cardinal Dubois.

Il avait pour tout bien, pour tout métier, la messe,

Qui lui valait, à quinze sols la pièce,

Chaque jour, trente sols tournois,

Parce qu'il la disait deux fois :

L'une à Sainte-Geneviève,

A six heures au plus tard;

L'autre, à midi moins un quart,

Pour le beau monde, au Saint-Esprit en Grève.

Entre les deux, un déjeûner

Le soutenait jusqu'au dîner.

Un beau matin, à l'ordinaire,

Il va gagner ses quinze sols;

Et dans son gousset il les serre :

Mais sa culotte, par vingt trous,
Laisse échapper le numéraire.
De cette perte abasourdi,
Mon hibernois se désespère,
Et jure de belle manière.
Reste la messe de midi,
Que va sabrer le pauvre hère,
Pour s'indemniser, à demi,
De la perte de la première.
Il la dit, et du sacristain
Reçoit son chétif honoraire,
Qu'il tient bien serré dans sa main;
Puis va chez une chaircuitière
Acheter un bout de boudin,
Dont il se promet chère entière,
Et va regagner sa tanière.

En tournant le quai Pelletier,
C'est un tapage épouvantable;
On court, on fuit. Est-ce le diable
Qui met en feu tout le quartier!
On crie : Arrêtez : gare, gare.
Le Pauvre homme, dans la bagarre
Bousculé, balotté, froissé,
En se sauvant, est terrassé

Par l'impétueuse ruade
D'un fougueux cheval échappé,
Qui le met en capilotade.
L'atteinte dont il est frappé
Fait voler au loin sa calotte :
Le boudin, roulant dans la crotte,
Sous ses yeux, soudain est happé
Par un boule-dogue qui passe.
Bravant la foule et la menace,
Le chien, nanti de son lopin,
Disparaît avec le boudin.
Ah! sacré B . . . . de mâtin,
Ah! f . . . . s'écrie à tu-tête
Mon hibernois; arrête, arrête ;
Laisse m'en donc au moins ma part.
Ah! combien de déconvenues !
Voilà mon boudin au foutard,
Huit pièces de deux sols perdues !
Ce sont deux messes de f . . . tues.

L'AMBASSADRICE

DE

HOLLANDE,

CONTE.

L'HOMMAGE qu'au héros on rend,
Sur la taille ne se mesure.
De très-médiocre stature
Était Alexandre-le-Grand.
L'ambassadrice de Hollande
N'est guères plus haute qu'un chou,
Et des catins est la plus grande.
Ce très-joli petit bijou
Sert mieux l'amour et l'hyménée,
Donne plus de vacations,
Offre plus de libations
A Vénus, dans une journée,
Qu'en deux ne fait la géante T...pin.
Ce grand brigantin de Cythère,

Cette

Cette chaloupe canonnière,
A qui, pour mât, il faut le plus énorme pin.

    Petit ruisseau se change en fleuve ;
    Par les torrens s'il est grossi,
    Bientôt l'Ambassadrice aussi
Par les torrens est mise à même épreuve.
 La voilà grosse. Est-ce hymen ? est-ce amour
    Qui lui joue un si mauvais tour ?
C'est l'un, c'est l'autre ; c'est... qui le sait peut le
        dire.
Elle en pleure un moment, et finit par en rire.
    Elle a raison ; c'est le plus court.

    La grossesse, de jour en jour,
    S'en va croissant : l'Ambassadrice,
    De svelte et mignonne génisse,
    Devient vache à lait. Joli sein,
Dont chaque orbe d'albâtre à peine emplit la main,
    Se change en vaste mappemonde,
    Bien propre à figurer le monde.
    Sa taille surpasse en grosseur
    La mesure de sa hauteur,
    Et comme un ballon elle est ronde.

                E

Viennent les jours de carnaval.
A Versailles sont apprêtées
Fêtes brillantes. Un grand bal
S'y donne aux dames présentées ;
Elles sont toutes invitées
Au divertissement royal.

L'étiquette plus que la danse
Appelle à ce gala pompeux
Altesse, grandeur, excellence.
Elles éblouissent les yeux
Du luxe le plus somptueux.
Le goût et la magnificence
Y brillent aux dépens, non pas de tel seigneur,
Mais de tel marchand, tel brodeur.
C'est l'usage à la cour de France.

Notre diplomatique et galante beauté
Porte au bal ses atours et sa rotondité,
Qui la fait vaciller à chaque révérence.
On la place, comme un paquet,
Sur un pliant près de la reine, (1)

_____

(1) Marie Leczinska, fort dévote, et qui demandait à toutes les femmes de combien elles étaient grossés, ou si elles étaient grosses.

Pour qui c'est une bonne aubaine
De se divertir du caquet
De madame l'Ambassadrice,
Tudesque et plaisant perroquet,
Qui parle français comme un Suisse.
  Sa batave simplicité
  Et son idiote franchise
  Ont une originalité
  Qui rend piquante la sottise,
    Et fait souvent
    D'une bêtise
    Un mot plaisant.
Vous voilà grosse énormement,
Dit la Reine. — Hélas, oui, matame!
C'est fâcheux peaucoup d'être femme.

LA REINE.

Il vous ménage peu, monsieur l'ambassadeur ?

L'AMBASSADRICE.

Ah, matame! il être incroyable
Combien sa grande amour avoir un'grand'vigueur;
  Sa tendresse être inépuisable;
  Rien ne ralentit son ardeur.

E 2

Le choúr, la nuit, c'est pas un homme, c'est un
   diable,
Et pas moins il est for' aimable;
Car ce jeu-là serait peaucoup charmant,
Si l'on ne faisait pas d'enfant.

LA REINE.

Et de combien êtes-vous grosse?

L'AMBASSADRICE.

Ah, matame! c'est une chosse
Que le respect, l'honnêteté
Peúvent pas dire à votre machesté.

LA REINE.

En voici bien d'une autre! Eh pourquoi?

L'AMBASSADRICE.

     Fi, matame!
Dire ça, ce serait infame.

LA REINE.

Allons, parlez.

L'AMBASSADRICE.

    Non, machesté; frayment,
C'est filain trop terriplement.

LA REINE.

A juger par votre corsage,
Vous êtes grosse au moins de neuf, ou peu s'en
   faut.

L'AMBASSADRICE.

Ah! c'est beaucoup bien plus que davantage :

Neuf.... Vous ne portez pas ce calcul-là bien haut.
Neuf.... C'est pas pour si peu de chosse
Que moi, madame ; être tant grosse.

LA REINE à part.

Cette bonne naïveté
Pique ma curiosité.
Parlez.

·L'AMBASSADRICE.

Oh, non.

LA REINE.

Je vous l'ordonne.

L'AMBASSADRICE.

Pourquoi, vous qui l'être si bonne,
Prenez à me pousser à bout,
Un plaisir malin comme tout ?
Donnez-moi donc parole, qu'à personne
Fotre machesté ne dira
Cette filaine chosse-là.

LA REINE.

Ma parole..... Oui, je vous la donne ,
Que le secret entre nous restera.

L'AMBASSADRICE.

Sur vos pontés che me reposse.
Eh bien, matame, che.... suis grosse ;
Mais.... j'oserai pas moi, chamais.

LA REINE.

Finirons-nous ?

3

L'Ambassadrice.

Non, c'est un trop grosse indécence.

La Reine.

A la fin, je perds patience.
Dites.

L'Ambassadrice.

Je crains de fâcher vous.

La Reine.

Non, je le veux ; parlez... parlez donc : quelle
enfance !

L'Ambassadrice.

Eh pien donc !... plus de mille fois
L'ampassateur... il a.

La Reine.

C'est assez ; je commence
A voir que ce n'est point par mois
Que vous comptez.

L'Ambassadrice.

Matame, excusez.

La Reine.

Oui... silence.
D'en dire plus je vous dispense.

———————

RECUEIL

DE CHANSONS

ET CANTIQUES.

AVERTISSEMENT.

Je n'ai jamais pris la peine de former un Recueil de mes Chansons, ni de les classer. Je les donne comme je les trouve dans un tiroir où je les mettais en feuilles volantes. J'en ai prêté qu'on ne m'a point rendues. Il en est plusieurs que je regrette ; je n'en faisais point assez de cas pour en prendre un plus grand soin, et ne pensais pas à les publier jamais. Les voici telles qu'elles se présentent sous ma main.

POUR LA BELLE BAÏF,

DEMOISELLE D'UN MÉRITE DISTINGUÉ,

DANSEUSE AU THÉATRE***.

Air : JE SUIS JOYEUX.

Voyez Baïf
D'un œil tendre et lascif;
Lancez un regard expressif;
Et vous avez Baïf.
Inépuisable en tendresse,
Elle en peut parler sans cesse
D'un ton positif.
Mais son amour, par trop copulatif,
A force d'être actif,
. Vous rend bientôt passif;
Et de ce duel coactif,
On sort plus mort que vif.

5

CANTIQUE

EN L'HONNEUR ET GLOIRE

DE

SAINTE MARIE-MADELEINE.

Juillet 1772.

Air : POUR VOIR UN PEU COMMENT ÇA FERA.

MADELEINE à bon droit passa
Pour une sainte débordée ;
En luxure elle surpassa
Toutes les Laïs de Judée.
Feu Jésus-Christ la vit, l'aima,
Et la tira (*bis.*) de ce train-là.

Taille de Nymphe, pied mignon,
Bouche de rose, sein d'albâtre,

Teint de lys, air fin, beau bras rond,
De ces yeux que l'on idolâtre,
Chûte de reins, cul dur et frais,
Tout était com- (*bis.*) plet en attraits.

La Sainte couvrait mille appas
D'une ample et blonde chevelure,
Qui seule, dans ses doux ébats,
Servait de voile à la nature.
Mais pour qui tant d'attraits divins ?
Pour ces gros vi- (*bis.*) lains publicains.

L'esprit immonde et tentateur
Fit choix de cet objet aimable,
Pour tendre au divin Rédempteur
Un piége plus inévitable :
Jésus ne la vit pas plutôt,
Qu'il vous la fou- (*bis.*) droya d'un mot.

Par la vertu du saint Esprit,
Ce mot toucha la pécheresse ;
Son cœur, sincèrement contrit,
Des plaisirs abjura l'ivresse ;
Ne pensa plus, dit saint Matthieu,
Qu'à faire sa (*bis.*) paix avec Dieu.

6

Sur sa gorge un grand fichu noir
En cache les globes d'ivoire.
Du plus voluptueux boudoir
Elle fait un sombre oratoire.
Ses yeux, en deux ruisseaux changés,
Pleurent le vi- (*bis.*) ce et ses péchés.

La Sainte, en pleurant tant et tant,
Achève enfin sa pénitence.
Elle meurt; son ame à l'instant
D'un vol rapide au ciel s'élance.
Jésus, pour prix de sa ferveur,
L'y place au com- (*bis.*) ble du bonheur.

MORALE.

Si le Seigneur, au rang des Saints,
Admet toutes les Madeleines;
Si le ciel propice aux Catins,
Fait grace aux galantes fredaines,
Combien de dames de Paris
Iront par trou- (*bis.*) pe en paradis!

Nota. Ce Cantique m'avait été demandé par un ami, pour
une Madeleine qu'il voulait fêter. Il s'est trouvé que la
Madeleine de mon ami était justement une vieille comtesse
de 60 ans, et fort dévote. Elle en a trouvé l'air assez mal
choisi.

LES BAINS

DE

LA GRENOUILLÈRE.

Air : AH ! C'EST DONC D'MAIN MATIN, MA
CHÈRE ?

Les Marigniers de la Guernouyère,
Vantez qu'ça fait d'jolis garçons ;
Ça vous a l'tour et les façons,
Qu'on n'dirait pas des gens d'rivière ;
Les pauvres fill' du Gros-Cayiou
N'en ont pu ta moiquié leur saoul.

Faut voir ça quand c'est zen bombance,
Fête et dimanche au grand sallon ;
Ça vous magn'... la danss', que l'violon
N'peut morgué pas suiv' leux cadence.
C'est ben du vrai qu'à l'Opéra,
Gnia pas d'acteur qui danss' comm ça.

L'ya c'Jérôm' qu'est beau comme un prince,
Fort comme un Turc, fait comme un tour ;
L'chien vous jou' ses douze airs par jour
D'un mirliton qui n'est pas mince ;
C'est d'étoffe à remplir... d'amour
Tout s'que l'ya d'pu grand za la cour.

Une dondon de hautt' noblesse,
Sur le r'nom de s'beau vi- vant-là,
Veut se l'flanquer sur l'estoma.
Ah ! n'ayez pas peur qu'ça la blesse ;
Tout un chacun zest ben d'accord
Qu'all' n'est pas traîtresse à son corp.

Voulant l'avoir, en con- séquence,
All' va s'baigner à son p'tit bain ;
All' s'trouv' ben mieux là qu'cheux Poitvin ;
Jérôm' vous la... baigne... en conscience.
D'peur de dévaler zet d'périr,
Alle sait ben za quoi se t'nir.

V'là mon Jérôm' qui fait merveille
Avec son joyeux mirliton ;
Il jou' six airs dans l'pu haut ton,
Pour mieux lui chatouiller.... l'oreille :

Un bain où qu'on prend tant d'plaisir,
Morgué! comm ça doit rafraîchir!

Ah! com' tu... baigne', ami Jérôme!
Dit-ell'; j'y reviendrai drès d'main;
Puis all' lui glisse dans la main
Deux louis d'or pour boire l'rogome:
C'est ben payé; mais saquergué,
L'rogome aussi fut ben gagné.

Dè d'puis ce tems-là, c'est zune rage
D'aller s'baigner à ces p'tits bains;
On n'y voit, les soirs et matins,
Que des baigneuses d'tout étage.
Les marchands d'rogom' sont contens,
Mais les baigneux sont sur les dents.

SUR LE LIT DE JUSTICE

Du 12 Septembre 1774,

POUR LA RENTRÉE DU PARLEMENT.

DIALOGUE DE DEUX CHARRETIERS.

La date de cette Chanson en fait aujourd'hui l'excuse. L'événement était intéressant, et plaisait au peuple. On chantait alors comme alors. Le Parlement était l'ombre de la représentation nationale; celui de Meaupoux était une Commission despotique, et déplaisait à toute la France.

Air : REÇOIS DANS TON GALETAS.

CADET, t'es ben enrhumé!
Queu sacré voix qu'tas ! c'est drôle.

C'matin quand j'ons déjeûné,
Tu parlais comme ta parole.
Te vla comme un vieux soufflet;
Et tu parles comme un chifflet. *bis.*

CADET.

C'n'est rien qu'ça ; j'vas m'raptasser
Avec un d'misquié d'rogome.
Tu n'sais pas ? l'roi vient d'passer.
J'l'ai vu comme j'te vois, foi d'homme.
J'ons tant crié viv' le roi,
Que j'en ons tous perdu la voix. *bis.*

JÉRÔME.

Quoi! t'as vu le roi, milzieux !
Ah chien! où qu'j'étais? j'enrage ;
T'as vu l'roi? t'es ben heureux :
Ça d'vait faire un fier étalage.
C'était-il beau?

CADET.

Tu t'fous d'moi :
Esc' qu'on regardait aut'chos'que l'roi? *bis.*

Drès qu'j'ai vu l'cortég' de loin,
J'ai laissé là ma chérette
Et la voy' d'bois dans un coin ;

Et j'ai dit, vlà ma journée faite.
Le roi vient, faut s'réjouir ;
C'est fête les jours de plaisir.   *bis.*

JÉRÔME.

Il vient pour le parlement.
Enfin, l'vieux a chassé l'jeune ;
C'est pour not' bonheur sûr'ment,
Drès que l'roi l'veut , d'abord et d'eune ;
Moi', j'soutiens qu'ça s'ra ben mieux.
C'est comm' l'vin ; le meilleur, c'est l'vieux. *bis.*

CADET.

Tout ça l'a ben tracassé ,
Car c'était unn' rude affaire :
L'pauv' jeune homm' n'a pas cessé
D'travailler comme un malcénaire.
J'm'en vant', qu'il n'est pas faigniant :
S'il fait l'bien , c'n'est pas en dormant. *bis.*

JÉRÔME.

Le roi doit r'passer tantôt ;
J'nous trouv'rons tous sur sa route ;
Je n'crirons pt'êt' pas si haut,
Car j'ons la voix ben en déroute ,

Mais not' joie et not' ardeur
Témoign'ront qu'c'est le cri du cœur. *bis.*

Pour ce prince aimé des cieux,
Ça d'vait avoir ben des charmes,
D'voir briller dans tous les yeux
Le plaisir, au travers des larmes.
Not' tendresse est not' tribut,
Et c'est aussi là tout son but. *bis.*

A M.me BÊCHE,

En 1774.

Air : TROP DE PÉTULANCE GATE TOUT.

Qu'IL est heureux, notre ami Bêche !
Ah ! qu'il possède un joli bien !
Moulin, four, pressoir, chasse et pêche,
A son fief il ne manque rien.

C'est là que ce trop heureux Bêche,
Comblé des faveurs du destin,
 Vit content, et bêche
  Son jardin.   } *bis.*

Sous deux charmans rochers d'albâtre
Où l'amour aiguise ses traits,
Une butte en amphithéâtre
Couronne un vallon sain et frais.
C'est là que ce trop heureux Bêche,
Comblé des faveurs du destin,
 Vit content et bêche
  Son jardin.   } *bis.*

Un galant bosquet, de son ombre
Couvre un joli petit château,
Dont l'entrée est étroite et sombre;
Mais l'Amour y tient son flambeau.
C'est là, etc.

Une pompe simple en structure,
Dont l'Amour conduit le travail,
Fait jaillir une source pure
Dans une conque de corail.
 C'est là que puise l'ami Bêche,

Pour arroser, soir et matin,
  Le terrain qu'il bêche
   En son jardin.   } *bis.*

Mais ce jardin où règne Flore,
Où brillent la rose et le lys ;
On ne l'a vu produire encore,
Que des fleurs, et jamais de fruits.
Redoublez d'ardeur, ami Bêche :
Il faut que Pomone ait son tour ;
  Force coups de bêche,
   Nuit et jour.   } *bis.*

Je n'ai qu'ébauché la peinture
Des beautés du petit château ;
Que j'en ferais, d'après nature,
Un fidèle et charmant tableau !
Mais l'Amour ne permet qu'à Bêche
L'accès de ce réduit divin,
  Et lui seul en bêche
   Le jardin.   } *bis.*

———————

LE COUP

DE TONNERRE,

DIALOGUE HISTORIQUE. 1775.

Air : DE L'AMOUR TOUT SUBIT LES LOIS.

RONDEAU.

QUEL orage enflamme les airs!
Ma tête en est toute à l'envers.
Chevalier , ce maudit tonnerre
Agace horriblement mes nerfs....
Quels éclairs! Je tremble à les voir
Sillonner ce nuage noir ;
Que ne suis-je à cent pieds sous terre!...
   Passons dans mon boudoir.

PREMIÈRE REPRISE.

Je vais succomber aux vapeurs....
Chevalier , à moi , je me meurs....
Desserrez vîte mon corset....
Qu'il est gauche! Eh, rompez le lacet.

Air du RONDEAU.

Un sopha commode et galant,
Est tout prêt pour le dénoûment.
La comtesse y tombe en faiblesse ;
Plus de pouls, plus de mouvement ;
L'Amour indique au chevalier
Son spécifique familier :
Il ranime enfin la comtesse,
    Qui se met à crier.

SECONDE REPRISE.

Qu'osez-vous ! craignez mon courroux,
Téméraire.... Ote-toi. —Madame,
Comme il tonne ! entendez-vous ?
—Oui, j'entends, je sens,... je rends l'âme.
Dieux !.... ah Dieux ! quel coup....
De tonnerre.... En fera-t-il beaucoup ?

Air du RONDEAU.

Comtesse ! il faut vous mettre au lit ;
Je vous veillerai cette nuit ;
Je vais renvoyer ma voiture.—
Oui, mon chevalier, c'est bien dit....

Ce tonnerre-là va d'un train !—
Comtesse ! il n'est pas à sa fin ;
Il grondera, soyez-en sûre,
Jusqu'à demain matin.

ROMANCE

A THÉMIRE.

Cette Romance est parodiée sur un air de la composition de la dame à qui elle est adressée.

Q u e Thémire est belle !
Oui, qui la verra
Ne verra plus qu'elle,
Et d'ardeur vive à jamais brûlera.
Tête la plus sage
Elle tournera ;
Cœur fier et sauvage
Elle domptera ;
Amour volage
Elle fixera.

Donx

Doux traits de visage ,
Air naïf , teint frais ,
Noble et beau corsage ;
Sein !... Ah, bon Dieu ! que baiser tant voudrais !
OEil noir , vif et tendre ,
Blanc bras fait au tour ,
Ne faut s'y méprendre ,
Sont piéges d'Amour.
M'y laissai prendre ,
Dès le premier jour.

Que Thémire chante ,
Vous vous écrirez :
Quelle voix touchante !
Puis à ses chants de plaisir pâmerez.
Ses doigts , sur sa lyre
Font concerts tant doux ,
Qu'un tendre délire
S'empare de tous ;
Si qu'on soupire ,
Et tombe à ses genoux.

Mais cette Thémire
Qui tout sait charmer ,
Point ne saurais dire

F

Si feu d'amour son cœur peut enflammer.

    Le mien il dévore ;
    J'ai vu ses appas ;
    Si faut-il encore ,
    Sans espoir, hélas ,
    Que je l'adore
    Jusqu'à mon trépas ?

L'AMOUR A LA MODE.

Air : PHILIS DEMANDE SON PORTRAIT ;
IL FAUDRA BIEN LUI FAIRE.

JE viens de quitter ma Cloris,
    Pour reprendre Glicère ;
Cloris en jette les hauts cris ;
    Je ne saurais qu'y faire.
On est bien en règle, je crois,
    Lorsque, pour une belle,
On a brûlé quatre grands mois
    D'une ardeur éternelle.

Je veux lui donner mon ami,

Jeune et beau comme un ange.
Glicère lui rend son mari ;
  Cloris gagne à l'échange ;
Mais rien ne peut calmer l'humeur
  De cette beauté fière,
A qui j'ai ravi la douceur
  De rompre la première.

J'ai su la prévenir d'un jour ;
  Demain j'avais mon compte ;
Car déjà, sur un autre amour,
  Elle a pris un à-compte.
Que dans trois mois mon successeur
  La quitte, ou qu'on le chasse,
Peut-être aurai-je le bon cœur
  De reprendre la place.

Voilà comme on aime aujourd'hui ;
  C'est la grande méthode.
Le bon ton écarte l'ennui
  D'une intrigue à la mode ;
Le cœur, bientôt las de jouir,
  Languit dans la constance.
L'amour n'est pas fait pour vieillir ;
  Son bel âge est l'enfance.

LES MOUCHETTES.

A Mlle MARTIN DE L'OPÉRA.

RONDE.

Je la tiens donc à la fin,
Cette adorable Martin :
Depuis long-tems je la guette,
    Turlurette.

Son œil fripon et lutin,
Son minois vif et mutin
Mettraient la trape en goguette,
    Turlurette.

Fraîcheur, jeunesse et beauté,
Talens, esprit et gaîté,
Sont, pour plaire, sa recette,
    Turlurette.

Ce qu'on voit de ses appas
Cède à ceux qu'on ne voit pas ;
C'est là sa botte secrète,
    Turlurette.

Ma prière du matin
Est une antienne à Martin,
Qui fait craquer ma couchette,
    Turlurette.

Amour! ton flambeau divin
Doit être un foudre en sa main.
Amour! fais que je l'y mette,
    Turlurette.

Par un miracle assez beau,
L'éteignoir de ce flambeau
Chez Martin sert de mouchette,
    Turlurette.

Un profane de sa cour,
Au lieu du flambeau d'amour,
Offrit sa triste alumette,
    Turlurette.

Soudain la divinité
Daigna prendre avec bonté
L'offrande avec des pincettes, (1)
    Turlurette;

(1) L'offrande n'était pas présentable; c'était l'hiver auprès du feu; par malheur, les pincettes étaient si chaudes,
que l'offrande les ressentit long-tems.

Martin, voyez mon amour,
Et payez-moi de retour
Par quelques coups... de mouchettes,
Turlurette.

LE COUP
DE DÉSESPOIR.

Ah! le bon billet qu'a La Châtre!

Air: DE LA ROSE DU BALLET DES FLEURS DES INDES GALANTES.

(Un Abbé visite le matin une belle affligée.)

POUR son régiment
Lindor part ; c'est lui que je pleure,
L'abbé !... quel tourment !
Il faut que j'en meure
Incessamment.

L'abbé?... mon miroir. (1)
Ciel! comme la douleur me change!
Je fais peur à voir :
J'étais comme un ange
Hier au soir.

Lindor m'embrassait;
Il m'embellissait.
Combien sa tendresse
Eut d'élans heureux!
Comme à sa maîtresse
Il fit ses adieux!

Que je les goûtais!
Que je les rendais!
L'abbé!... quelle ivresse!
Mais, quels regrets!

Lindor, cher Lindor,
Mon cœur te suit, ma voix t'appelle;
Je te jure encor
De t'être fidelle
Jusqu'à la mort.

_____

(1) L'abbé apporte le miroir ; la belle s'y regarde.

Voulez-vous finir,
L'abbé!... Ah, monstre!... quelle injure!...
Je n'y puis tenir.
Lindor!... quel parjure!
L'abbé!... quel plaisir!

CONSOLATION.

IM-PROMPTU dans une visite que je faisais à M. ***, détenu prisonnier à Charenton, où il avait la jouissance d'une île qu'il a défrichée, et dont il a fait un lieu charmant, orné d'inscriptions où il déplore ses malheurs et se livre au désespoir. Il avait pourtant la faculté d'y recevoir ses amis mâles et femelles.

Air : DU CANTIQUE DE LA MADELEINE.

Tu verras changer tes destins;
Ouvre ton cœur à l'espérance;

Ouvre cet asyle aux catins,
Pour égayer ta pénitence.
Il faut aux tribulations
Beaucoup de con- (*bis.*) solations.

A M. SÉGUIER,

AVOCAT GÉNÉRAL,

Avec qui je soupais dans une maison où
il faisait chorus à mes Chansons.

IM-PROMPTU.

Air : VAUDEVILLE D'ÉPICURE, OU DU SERIN
QUI TE FAIT ENVIE.

LE magistrat le plus aimable,
Dont tout Français chérit le nom,
Rit avec nous à cette table,
Et fait chorus à ma chanson.
Du plaisir ainsi le génie
Fait sa morale et sa leçon ;
Il n'a d'autre philosophie
Que l'art de charmer la raison.

Chez Thémis, sublime et terrible,
Séguier foudroya maint Verrès ;
Chez Vénus, galant et sensible,
Il mit à QUIA mainte Agnès.
Il doit au code de Cythère
Autant qu'à celui de Solon ;
Car, sans l'heureux talent de plaire,
Il n'eût été qu'un Cicéron.

LES DEUX RHUMES,

ROMANCE TRAGICO-MORALE.

Air : DE JOCONDE.

L'HIVER dernier, le beau Lindor,
Par une nuit bien rude,
Attendait que le gros Mondor
Sortît de chez Gertrude.
Le gros Mondor, dans un bon lit,
S'oublie avec la belle ;
Le beau Lindor passe la nuit
A faire.... sentinelle.

La chaste épouse de Mondor
  L'attend et se désole ;
L'espoir de se venger l'endort ;
  Un songe la console.
L'Amour met l'hymen à l'écart. . . .
  Madame, peu bégueule,
Proscrit monsieur, fait lit à part,
  Pour ne plus coucher seule.

Voyons Lindor en faction,
  Déplorant son martyre ;
Voyons Mondor en fonction,
  Plus ardent qu'un satyre :
Sur le pavé l'un grelottant ;
  L'autre foulant la plume ;
Tous deux enfin, en contrastant,
  Gagner.... chacun son rhume.

Agirony guérit Mondor,
  Qui s'en trouve à merveille.
A force d'élixir et d'or,
  Il lui reste... une oreille.
Lindor n'eut pas tant de bonheur ;
  Son rhume pulmonique
Mit au tombeau ce joli cœur.
  Pleurons sa fin tragique.

Par cet exemple nous prêchons
Contre un affreux scandale.
Puissent messieurs les greluchons
Goûter cette morale !
Convoiter la catin d'autrui
Est un forfait infame,
Quand on peut, chaudement chez lui,
Coucher avec sa femme.

PARODIE

D'un air du Prologue de SCANDER-
BERG, pour M. FRANCOEUR, Auteur
de cet Opéra, qui me l'a demandée.

UNE MUSE.

Les talens donnent au bel âge
L'attrait qu'au printems donnent les fleurs ;
Ils ont en partage
Les vœux et l'hommage
De tous les cœurs.

Un

Une ardeur fidelle et sincère,
　　Sans l'art de plaire,
N'est qu'un long tourment.
La beauté, sans l'art de séduire,
　　N'a qu'un empire
　　Qu'on brave aisément.
　　Dansez, chantez;
Bientôt les cœurs seront domptés.
　　Vénus doit aux Grâces
　　L'éclat de sa cour;
　　Et c'est sur leurs traces
　　Que vole l'Amour.
　　Talens heureux,
Vous régnez même sur les Dieux;
　　Chez les mortels
Vous aurez toujours des autels.

————————

A M. S . . L A R D,

A LA SAINT-JEAN.

Air : VIVE LE VIN, VIVE L'AMOUR!

SAINT JEAN-BAPTISTE du Sauveur
Fut le très-digne précurseur,
L'ami, le parent, le prophète:
Mais sans boire il perdit la tête;
Tête à l'œil creux, au teint blafard.
Vive la trogne de S..lard!
Voilà le Saint qu'un buveur fête.

Le bon S..lard a du patron
Les vertus ainsi que le nom :
Je n'y vois qu'une différence.
Le Saint vécut dans l'abstinence,
Fit maigre chère et but de l'eau;
Jean S..lard a dans son caveau
Les meilleurs vins qui soient en France.

Jean le Baptiste fait jeûner,
Jean le S..lard fait bien dîner ;
C'est encore une différence.
Chez lui le goût suit l'abondance ;
Chère de rois, nectar des Dieux ;
De ses banquets délicieux
Le meilleur mets est sa présence.

Chaste martyr du célibat,
Le grand saint Jean sur son grabat,
N'eut qu'un mouton pour compagnie ;
Au lit, femme accorte et jolie,
Est le mouton de Jean S..lard ;
De son avoir il lui fait part,
Et Dieu bénit cette œuvre pie.

Le prix de tant de charité
Est l'aimable et jeune beauté,
Dont ses travaux l'ont rendu père.
Le ciel, qui la forma pour plaire,
Lui donna mille heureux talens,
De grands yeux noirs, des traits charmans :
Qui voit l'enfant croit voir la mère.

Offrons-lui nos vœux et des fleurs ;
Sa fête est celle de nos cœurs ;

G 2

Célébrons-la cent ans encore.
Que cent ans Bacchus le colore
Du vermillon de sa liqueur,
Et je réponds de son bonheur
Avec l'épouse qu'il adore.

Dans l'almanach, dans le lutrin,
Qu'un jour le nom de notre Saint
Soit inscrit près de saint Grégoire.
Qu'assis dans la céleste gloire,
Entre les rois et saint Martin,
Comme eux, S..lard, patron du vin,
Ne soit jamais fêté sans boire.

A M E N.

LA TRINITÉ.

A M.ᴸᴸᴱ MARS,

DE LA COMÉDIE FRANÇAISE.

Air : PHILIS DEMANDE SON PORTRAIT.

Quoi que m'en disent saint Matthieu,
Les enfans et les bonnes,
Je ne vois pas comment un Dieu

Fait lui seul trois personnes ;
Mais je vois, clair comme le jour,
　Que (malgré la Sorbonne)
Trois Dieux, Mars, Vénus et l'Amour,
　Ne font qu'une personne.

De trois Dieux, aimable unité,
　Je t'admire et t'adore ;
En toi plus je vois de clarté,
　Plus j'en veux voir encore.
Sans voile offre-moi la beauté
　De Vénus toute entière,
Et qu'enfin de ta Trinité
　Je sonde le mystère.

———————

CANTIQUE SPIRITUEL

DE

SAINTE MARGUERITE,

A Madame la Marquise de MONT-MORIN, pour sa fête.

Air : DIRAI-JE MON CONFITEOR?

MINEUR.

VRAIS élus, chrétiennes brebis,
Approchez, dressez vos oreilles;
Je prétends vous rendre ébaubis
Au récit des grandes merveilles
Dont Marguerite est le sujet.
Que Dieu bénisse mon projet!

MAJEUR.

Sainte Marguerite naquit
L'an deux cent vingt, dans Antioche;

Par le martyre elle y conquit
Le paradis : c'est, sans reproche,
Le payer chér. Mais on sait bien
Qu'ici-bas on n'a rien pour rien.

Son père plus que huguenot,
Payen, vrai pourceau d'Épicure,
Ne lui dit pas le traître mot
Touchant notre sainte Écriture.
Quoique prêtre de Jupiter, (1)
Il ne savait pas son PATER.

Chez sa nourrice, heureusement,
La Sainte apprend son catéchisme.
On l'instruit très-secrètement
De la loi du christianisme.
Son père soupçonneux et fin
Après quinze ans le sait enfin.

Sur-le-champ il conduit aux champs
Cette fille aimable; et bien vîte
Plumes, hérissons, chiens couchans,
Boufflant, polonaise et lévite, (2)

_____

(1) Voyez la vie des Saints.
(2) Modes en vogue en 1779.

Sont changés en de vieux haillons.
La voilà bergère à dindons.

O des miracles le plus beau !
Sous ces haillons encor plus belle,
La Sainte, d'un éclat nouveau,
Brille, ou plutôt elle étincèle.
Le gouverneur Olybrius
La voit, et la prend pour Vénus.

Il l'adore, il veut l'épouser;
Mais loin que son amour l'obtienne,
Marguerite ose refuser,
Et dit toujours : Je suis chrétienne.
Aux grandeurs, aux plus riches dons,
Elle préfère ses dindons.

L'Olybrius était payen,
Et vieux, et laid; la belle emplette !
Passe encore un joli chrétien ;
On peut écouter sa fleurette.
Coucher avec un vieux payen !
Mieux vaut coucher avec un chien.

Il retourne de tous les sens
La Sainte; et par douces paroles,

L'engage à parfumer d'encens
Ses Dieux de bois , sottes idoles.
Mais toujours refus obstinés ;
Pour lui toujours un pied de nez.

On la conduit dans les prisons ;
La Sainte y va comme à la noce,
Et répond par des oraisons
Au traitement le plus atroce.
Son cachot, où le peuple accourt,
Devient l'asyle de l'amour.

C'est là que maint et maint payen ,
Épris d'une gorge d'albâtre,
Pour deux beaux yeux se fait chrétien,
En devenant plus idolâtre.
Ainsi le Souverain des cieux
Se sert de tout, et pour le mieux.

Aucun d'eux ne veut plus sortir
De cette ténébreuse enceinte.
Tel de la foi se croit martyr,
Qui ne l'est que de notre Sainte.
Vivre sans elle, c'est mourir ;
Mourir pour elle, c'est plaisir.

5

Un soir, dans un transport jaloux,
L'Olybrius, plein de luxure,
Veut flétrir des appas si doux
D'un baiser de sa bouche impure;
Intacte, la Sainte s'enfuit;
A tâtons, l'autre la poursuit.

Dans un cabinet à côté,
Il croit enfin tenir la vierge;
Il baise, dans l'obscurité....
Quoi, chrétiens?... le cul du concierge,
Qui, plein des vapeurs de Bacchus,
Dormait IN NATURALIBUS. (1)

Ce beau miracle ne plut pas
A l'impudique et vieux satyre.
Dans sa rage, il court, de ce pas,
Tout ordonner pour le martyre.
Le lendemain, la Sainte, hélas!
Vit de ses yeux sa tête à bas.

Le coup mortel qui la frappa,
Fut le signal de sa victoire.

_____

(1) Ce miracle-là n'est pas tout-à-fait le même dans la
vie des Saints.

Le chœur des anges entonna
Un magnifique hymne à sa gloire,
Marguerite, au sein des élus,
Avec les Saints y fit chorus.

PRIÈRE.

Martyre sainte, exauce-moi ;
Veille sur notre Marguerite.
Que de dons elle tient de toi !
Que de vertus ! que de mérite !
Dans l'empirée où tu l'attends,
Attends-la seulement cent ans.

Animons-nous, chers auditeurs ;
Suivons l'amour qui nous excite ;
Allons la couronner de fleurs,
Cette adorable Marguerite ;
Offrons-lui des jeux sans apprêts,
Dont le cœur seul fera les frais.

Puis-je mieux vous la comparer
Qu'à sa digne et sainte patronne ?
Peut-on la voir sans s'écrier :
AH! QU'ELLE EST BELLE! QU'ELLE EST BONNE!
C'est la Marguerite des cieux,
Qui fait ici-bas des heureux.

6

S'il est encore quelque payen,
Qu'il vienne à vous, belle marquise;
Je vois dans vos yeux le moyen
De le conquérir à l'église.
Sermon prêché par la beauté
Peut-il manquer d'être écouté ?

Vous allumez des feux secrets,
Et vous causez plus d'un martyre;
Mais vos amans, toujours discrets,
N'oseront jamais vous le dire;
Ils sont trop sûrs d'être reçus
Comme de vrais Olybrius.

A Mlle MICHELOT,

DE

L'OPÉRA.

BOUQUET.

L'Amour offrant à Michelot
Des fleurs de son parterre,
S'écria : Quel teint ! quelle peau !
C'est la rose !... Ah, ma chère !
Te fleurir, c'est porter de l'eau
  A la rivière.

Pour ta fête, il faut un cadeau
  Plus digne de te plaire ;
Je te donne, avec mon flambeau,
  La conque de ma mère,
Où l'or affluera comme l'eau
  A la rivière.

LES LUNETTES.

A une jolie femme, le premier jour qu'elle en porta. C'était le jour de sa fête. On lui avait donné pour bouquet une belle paire de Lunettes montées en or.

Air : TURLURETTE.

VÉNÉRABLE en son printems,
Iris prend à vingt-quatre ans
Le grave état des lunettes,
    Turlurette.

Tant mieux, dit l'abbé Rohaut : (1)
Il est clair que le très-haut
Appelle à lui la pauvrette,
    Turlurette.

(1) Un bon prêtre, confesseur de la mère, ami de la maison, et parlant toujours du bon Dieu, de grace et de conversion, était du souper où ces couplets furent chantés.

C'est à la dévotion
Qu'une sainte invention
A consacré les lunettes ,
    Turlurette.

La grace opère en ce jour ,
Et remporte sur l'amour
Une victoire complette ,
    Turlurette.

La conversion d'Iris
Va mettre en vogue à Paris
La contrition parfaite ,
    Turlurette.

Le diable y perdra beaucoup ,
Car il faisait maint bon coup ,
A l'aide de la poulette,
    Turlurette.

Adieu le bal , l'opéra ,
Les amours, ET COETERA ;
La voilà dans la retraite ,
    Turlurette.

La Sainte, au pied des autels ,
Lira dans de gros missels,

A travers de ses lunettes,
>Turlurettte.

Le rouge elle quittera,
Longue jupe cachera
Cette jambe si bien faite,
>Turlurette.

Mains mignonnes, jolis doigts,
Couvriront d'un noir chamois
Leur albâtre et leurs fossettes,
>Turlurette.

Ces cheveux si longs, si beaux,
Flottans sous galans chapeaux,
Vont se plier sous cornette,
>Turlurette.

Ce beau sein, plus blanc que lait,
Sous un discret mantelet,
Va rebondir en cachette,
>Turlurette.

Ce sera sainte Vénus
Sous les atours ingénus
De la modeste grisette,
>Turlurette.

Mais comment cacher ces yeux,
Qui damnent tant d'amoureux !
Voilà ce qui m'inquiète,
Turlurette.

Ah ! qu'il doit être étonné,
Ce si joli petit né,
D'être porteur de lunettes !
Turlurette.

RÉPONSE.

Allons donc, mon cher abbé,
Vous n'entendez A ni B
Au mystère des lunettes,
Turlurette.

Ce n'est qu'un raffinement
Qui donne un lustre charmant
Aux appas de la coquette,
Turlurette.

Ainsi, les astres des cieux
N'en sont que plus radieux
Sous le verre des lunettes,
Turlurette.

L'Amour, niché dans ses yeux,

N'en ajustera que mieux
Les traits de son arbalette ,
    Turlurette.

Voyez le soleil dardant
Ses feux par le verre ardent;
Telle est Iris en lunettes ,
    Turlurette.

De plus rapides ardeurs
Elle enflammera les cœurs ,
Ainsi que dès allumettes ,
    Turlurette.

ENVOI DE L'AUTEUR, QUI NE VOIT
GOUTTE.

Mon regard est si borné ,
Qu'il ne passe pas mon né ,
Tant ma visière est peu nette,
    Turlurette.

Laissez-moi voir vos attraits ,
Charmante Iris, d'assez près ,
Pour admirer sans lunettes ,
    Turlurette.

PARODIE

D'UNE MUSETTE DU CITOYEN
TAPPERET.

A ma mère
Je dois taire
Le mal pressant
De mon cœur languissant.

Il s'agite,
Il palpite;
A son tourment,
Que peut faire maman!

C'est Silvandre
Qu'il faut prendre
Pour ce mal-là;
Lui seul me guérira.

Le remède
Qu'il possède
Sauva ma sœur,
Qui mourait de langueur.

A UNE DAME

Qui se plaignait d'avoir quarante ans,
et se disait trop vieille pour l'amour.
Elle était fort belle.

Air : PHILIS DEMANDE SON PORTRAIT.

PHILIS a bientôt quarante ans,
  Qu'amour réduit à trente.
Elle est toujours dans son printems,
  Toujours vive et charmante.
Tu ralentis le vol du tems,
  - Amour, pour cette belle ;
Mais que tu rends courts les instans
  Que l'on passe auprès d'elle !

Exauce, Amour, mes vœux ardens ;
  Fais que Philis consente
A ranimer mes cinquante ans
  Du feu de ses quarante.

Dis-lui combien il sera beau,
Qu'à mon dixième lustre,
Elle me change en jouvenceau,
Brillant de tout son lustre.

LE VOYAGE

DE

SAINT-CLOUD

PAR MER,

RONDE IM-PROMPTU.

Cette Chanson a été faite dans le bateau.

Air : DU PAUVRE VIELLEUX.

EMBARQUONS-NOUS; le tems est doux;
L'Amour nous appelle,
Et vogue avec nous.

Cinglons vers le port de Saint-Cloud.
  Que chacun, pour sa belle,
  Rame en cette nacelle,
Et que l'aviron soit sur-tout
  Tortu comme un' chandelle,
  Et mou comme un clou.

Le vent est bon, le tems est doux;
  L'Amour nous appelle :
  Voguons vers Saint-Cloud.
Jeunes beautés, secondez-nous ;
  D'une ardeur mutuelle,
  Ramez dans la nacelle,
Et maintenez le mât debout
  Tortu, etc.

Matelots, prenez garde à vous;
  Dans notre nacelle,
  Nous avons six trous. (1)
A fond de cale jetons-nous ;
  Travaillons avec zèle;
  Radoubons la nacelle.
Vîte un tampon dans chaque trou
  Tortu, etc.

_____

(1) Il y avait six demoiselles de l'opéra dans le brigantin.

A l'aide, à moi, cher petit chou;
 Mon beaupré chancèle,
 Et fléchit du bout.
Il est bientôt las quand il... vogue;
 Mais la main d'une belle,
 A peine y touche-t-elle,
Qu'il se relève tout-à-coup
 Tortu, etc.

Quand l'onde écume de courroux,
 L'île Maquerelle (1)
 Est un abri bien doux.
On ne fait point là de jaloux.
 La beauté peu cruelle
 Vous offre sa nacelle.
Tout mât est un passe-partout
 Tortu, etc.

Deux demoiselles serraient le bec; je fis le couplet suivant.

J'ai fait cette chanson pour vous,
 Amis; puisse-t-elle
 Vous égayer tous!
Mais si mes couplets un peu fous

---

(1) Nous doublions cette île.

Offensent quelque belle,
C'est une péronelle,
Indigne du charmant joujou
Tortu comme un' chandelle,
Et mou comme un clou.

Les demoiselles desserrèrent le bec.

ORGIE

Pour un souper après une représentation
de Mélanie, drame de M. de La
Harpe. Mélanie était à table dans
son costûme de Religieuse.

Air du Vaudeville de la Rozière de Sa-
lenci; chantez, dansez; amusez-vous.

Les vrais plaisirs, la liberté
Régnent dans nos douces orgies :
Bacchus provoque à la gaîté,
Et l'Amour aux tendres folies.

Buvons,

Buvons, et chantons pour refrain ;
Vive l'amour, vive le vin !

Un cercle étroit, point de façons ;
Rire, les coudes sur la table,
Galans propos, lestes chansons,
Brave buveur, beauté traitable ;
Voilà les charmes d'un festin.
Vive l'amour, vive le vin !

De cet aï frais et mousseux,
Versez razade pour Glicère ;
Vous le voyez, dans ses beaux yeux,
Pétiller comme dans le verre :
Comme elle anime le refrain :
Vive l'amour, vive le vin !

Versez de haut, faites mousser ;
C'est pour notre sœur Mélanie ;
La sainte vient de renoncer
A tous les plaisirs de la vie ;
Elle ne tient plus qu'au refrain :
Vive l'amour, vive le vin !

Sous cette guimpe et ce froc noir,
Que la friponne était jolie !

H

Ses tendres pleurs, son désespoir,
Déchiraient mon âme attendrie ;
Mais ses yeux chantaient le refrain :
Vive l'amour, vive le vin !

Elle ferait dans le couvent
Une retraite rigoureuse,
A moins que plus d'un desservant
Ne servît la religieuse,
Et n'appuyât sur le refrain :
Vive l'amour, vive le vin !

Elle irait peu la nuit au chœur
Se morfondre avec les béguines ;
Mais, au dortoir, le gros prieur
Lui viendrait entonner matines.
L'antienne serait le refrain :
Vive l'amour, vive le vin !

Quittons la table, et qu'à son tour
On fête le dieu de Cythère.
Jeunes beautés, suivez l'Amour ;
Il entre au temple du mystère.
Le plaisir nous a mis en train
De lui chanter plus d'un refrain.

A M. LE MARÉCHAL DE RICHELIEU,

Le jour de son mariage avec madame
DE RHOUTE.

Air : TROP DE PÉTULANCE GATE TOUT.

Ces monts, que la neige couronne,
Dans leur sein portent les volcans ;
Tel, le favori de Bellonne
Est tout feu sous des cheveux blancs.
Richelieu fait aimer aux belles
Jusqu'à ses quatre-vingt-trois ans.
   Son hiver pour elles
     Est printems.   } *bis.*

Il est couronné par la gloire,
Il est couronné par l'Amour ;
Aujourd'hui, fier de sa victoire,
L'hymen le couronne à son tour.
Guidé par l'aimable de Rhoute,
Il a, d'un pas plein de vigueur,
   Enfilé la route
     Du bonheur.   } *bis.*

H 2

A LOUIS ET LOUISE.

Air : PHILIS DEMANDE SON PORTRAIT.

Pour fêter Louis, tous nos grands
   Vont en poste à Versailles :
Louis, à ces cœurs vrais et francs,
   Tourne le dos et bâille ;
A l'unisson chaque seigneur
   Aux bâillemens riposte ,
Et tout bouffi de tant d'honneur ,
   Vìte on repart en poste.

Nous fêtons un autre Louis ,
   Et d'une autre manière ;
Chez lui, convives réjouis ,
   Forment sa cour plénière. (1)
Le plaisir règne en sa maison ,

(1) Cette chanson a été faite en 1788 ; il était question alors de supprimer le parlement, pour créer une cour plénière.

L'abondance à sa table ;
Mais pour l'aimer, autre raison,
C'est qu'il est fort aimable.

Peindre l'objet le plus charmant
    N'est facile entreprise ;
L'esprit rendrait trop faiblement
    Les attraits de Louise.
Le cœur, inspiré par ses yeux,
    Veut parler, et soupire :
Hélas ! ce qu'il dirait le mieux,
    Est ce qu'il n'ose dire.

Ces époux, au sein du bonheur,
    S'aiment d'ardeur sincère.
Ils ont même nom, même cœur
    Et même don de plaire.
L'amour, d'un commerce si doux,
    Chassant l'humeur jalouse,
Charme les dames par l'époux,
    Les hommes par l'épouse.

Couple chéri, nos simples jeux
    Sont un sincère hommage ;
L'amitié vous offre des vœux

3

Dont le cœur est le gage;
Et l'amour qui veille sur vous,
Ce soir, en tête-à-tête,
Par d'autres jeux encor plus doux,
Couronnera la fête.

LE BUISSON ARDENT,

CANTIQUE SPIRITUEL

TRADUIT LITTÉRALEMENT.

A madame DUBUISSON, jeune et jolie femme.

Air : DAIGNE ÉCOUTER LA VOIX FIDÈLE ET
TENDRE, OU LE CONNAIS-TU, MA CHÈRE
ÉLÉONORE, OU DES FOLIES D'ESPAGNE. (1)

O DUBUISSON! vous offrir un cantique,
C'est à Vénus offrir la fleur des saints;

---

(1) Pour éviter la monotonie, on change d'air à chaque couplet.

Mais j'ai trouvé, dans mon sujet antique,
Et votre nom, et tous vos traits divins.

J'aime la bible, et crois à ses prodiges ;
L'impie en rit ; il insulte à ma foi ;
Ce sont pour lui mensonges ou prestiges,
Mais évidence et vérité pour moi.

J'ose chanter le premier des miracles,
Que sur Moïse opéra l'Éternel,
Quand il en fit l'organe des oracles,
Et le sauveur du peuple d'Israël.

Lisez l'exode, au chapitre troisième ;
Je le traduis dans sa simplicité.
Livre sublime, écrit par Dieu lui-même,
Tout ornement gâterait ta beauté.

Au mont Horeb, en un lieu solitaire,
Moïse avait rassemblé ses brebis ;
Simple berger de Jéthro son beau-père,
Il déjeûnait d'un morceau de pain bis.

Soudain, un feu flamboyant et limpide
S'allume, et brille en un buisson voisin.
Tout ébloui, le pasteur intrépide
Crie au feu, court, mais il reste en chemin.

Une barrière invisible l'arrête ;
L'ardent buisson brûle sans se brûler.
Moïse admire, et bientôt perd la tête,
Quand, par deux fois , il s'entend appeler.

N'approche point, respecte mon enceinte ,
Dit le buisson, et disent les échos ;
Déchausse-toi, car cette terre est sainte.
Bientôt Moïse a quitté ses sabots.

Je suis qui suis, (1) (ces paroles sont claires,)
Le dieu d'Abram, d'Isaac et Jacob.
Je t'établis plus que roi sur tes frères,
Toi jeune , et simple, et plus pauvre que Job.

Ces mots sacrés , suivis d'un long tonnerre ,
Dans l'univers ont semé la terreur.
Moïse tombe à genoux sur la terre,
Qui, comme lui, tremble au nom du Seigneur.

Écoute-moi, dit la voix souveraine :
L'Hébreu, soumis à la plus dure loi,
Marche courbé sous le poids de sa chaîne ;
Ses cris plaintifs ont monté jusqu'à moi.

_____

(1) Ego sum qui sum.

Je veux finir ses maux et ses alarmes :
Cours en Égypte, affranchis Israël ;
Fais-le passer, de ce séjour de larmes,
Dans une terre où coulent lait et miel.

Ne souffre pas que mon peuple fidèle
S'embarque à vide, et qu'il manque de rien.
Or et bijoux, habits, galons, vaisselle,
Qu'il vole tout au dur Égyptien.

Que ses beaux arts ne soient que brocantage,
Que friperie, encan, trafic et troc ;
Lucre excessif, tarif et prêt sur gage ;
Qu'un Juif soit Grec, plus Grec qu'un Turc
　　　　escroc. (1)

O doux langage ! ô belle destinée !
Dit le berger ; mais moi qu'y puis-je, hélas !
La voix répond : Ame faible et bornée,
Adore, agis, et ne réfléchis pas.

Il faut frapper tes yeux et tes oreilles,
Car ton esprit est lent à concevoir ;

---

(1) L'harmonie et la douceur de ce couplet de l'Éternel,
annoncent la majesté, les grandes destinées du peuple juif,
et prouvent bien que la poésie est le langage des Dieux.

Opère donc toi-même des merveilles,
Et reconnais jusqu'où va ton pouvoir.

Que tiens-tu là ? Ma verge , dit Moïse. —
Laisse-la cheoir sans la quitter des yeux.
La verge tombe ; ô prodige ! ô surprise !
Elle est changée en un serpent affreux.

Le gros serpent s'enfle , siffle et menace ;
Moïse fuit ; Dieu l'appelle ; il revient.
Prends ce serpent ; le berger plein d'audace
Le tient ; mais non ; c'est sa verge qu'il tient.

Il se prosterne , et dit : Flamme sacrée,
J'ai bien la main d'un bon escamoteur ,
Mais son jargon , mais sa langue dorée,
Les puis-je avoir , moi bègue et bredouilleur?

Je te dépars l'éloquence qui touche :
Ne tarde plus , cours annoncer mes loix ;
Parle en mon nom , je serai dans ta bouche ;
J'amollirai tous les cœurs à ta voix.

Moïse est plein de l'esprit prophétique :
Il part ; son nom va remplir l'univers.
La flamme cesse , et le buisson antique
Conserve encore ses rameaux frais et verds.

ENVOI

A MADAME DUBUISSON.

O Dubuisson, beauté charmante et rare,
Même prodige en vous est évident.
Le saint buisson, à qui je vous compare,
Bien moins que vous, fut le buisson-ardent.

Un feu céleste, une flamme rapide,
Sans vous brûler brille dans vos beaux yeux;
Comme Moïse, adorateur timide,
J'y sens, j'y vois le plus puissant des dieux.

Comme Moïse, il m'attire, il m'appelle,
Puis me défend d'approcher du buisson :
Il m'éblouit, me tourne la cervelle;
Puis il n'en sort qu'une plate chanson.

Buisson divin, beau buisson électrique,
Tu tirerais des flammes d'un glaçon.

Le vieux garçon (1), fût-il paralytique,
Trouve chez toi la vigueur de Samson.

Ton frais taillis ombrage une fontaine
Dont l'onde pure inspire les beaux vers.
Un Amphion puise à cette Hypocrêne,
Mais pour lui seul ses canaux sont ouverts.

Buisson de fleurs, dont mon ame est éprise,
Dans tous nos sens ton charme se répand ;
A ton aspest, tout mortel est Moïse,
Et toute verge est changée en serpent.

---

(1) Le Vieux Garçon, comédie de M. Dubuisson, pleine
de beautés mâles et énergiques.

A JEAN

A JEAN S..LARD,

Pour sa fête, le 26 Décembre 1786,
jour de Saint-Jean l'Évangéliste.

Air : TRAVAILLEZ, TRAVAILLEZ, BON
TONNELIER.

ON REMPLIT LES VERRES.

Nous chercherions des fleurs en vain;
Les noirs frimats couvrent la terre.
Mais, au lieu d'un bouquet en main,
Que chacun s'arme d'un plein verre.
Buvons à Jean, chantons en chœur
Ce refrain dicté par le cœur :
Vivez cent ans, pour le moins, Jean S..lard,
Content, joyeux et gras à lard.

On voit par-tout des Jeans..... très-Jeans....
La race en est multipliante;

I

Mais qu'il est peu de braves gens,
Tels que le Jean qu'ici je chante !
Chez lui tout est simplicité,
Candeur, franchise et loyauté:
Vivez cent ans , etc.

Jean, sur le sein du doux sauveur,
Après souper dormait à table ;
S..lard n'a point tant de faveur,
Il soupe avec femme adorable ;
Mais sur son sein ne croyez pas
Qu'il s'endorme après le repas.
Près de Françoise, heureux Jean S..lard,
Couchez-vous tôt, levez-vous tard.

Jean fit, dans l'île de Patmos,
Son triste rêve (1), et pénitence.
S..lard chez lui trouvant Paphos ,
Rêve d'amour, et fait bombance.
Il vit au sein de la gaîté,
Toujours fêtant, toujours fêté.
Vivez cent ans pour le moins, Jean S..lard,
Content, joyeux, et gras à lard.

---

(1) L'Apocalypse.

Jean vit la mort sur son cheval ,
Moissonner la nature entière.
S..lard , piqueur , moins déloyal ,
Sur ta jument , compère Pierre ,
Travaille à réparer le tort
Qu'au genre-humain cause la mort.
Travaillez , travaillez , bon Jean S..lard ,
Couchez-vous tôt , levez-vous tard.

Je perds le boire et le manger
A ce festin si délectable ;
Je ne m'occupe qu'à lorgner
Ce brillant cercle de la table :
Cythère n'eut qu'une Vénus ,
Ici j'en vois douzaine et plus.
Faites la ronde , embrassez Jean S..lard ,
Je vous suivrai ; j'en veux ma part.

A UN JEUNE OFFICIER

Fort amoureux d'une Demoiselle, en garnison, et que l'amour rend mélancolique.

Air : R'LAN TAN PLAN, TAMBOUR BATTANT.

Un jeune et brave militaire
Soupire-t-il en Céladon ?
Et des soupirs font-ils l'affaire
De nos beautés de garnison ?
L'amour guerrier, auprès des belles,
Est patelin, doux et galant ;
　　　Et r'li, et r'lan ;
Mais il vous traite les cruelles,

ON PARLE.

A la houzarde, là, sans quartier.

ON CHANTE.

Et r'lan tan plan,
Tambour battant.

Des chers tendrons de cette ville,
Cent officiers font les beaux jours ;
Mais les tendrons sont plus de mille :
Que de travaux pour les amours !
Il faut se partager l'ouvrage,
Et faire honneur au régiment.
    Et r'li, et r'lan.

ON PARLE.

Il ne s'agit pas ici de filer la pastorale.
Est-ce à vos camarades de faire votre
service ? Des soupirs ! des langueurs !
Fi donc ; mon officier !

ON CHANTE.

A dix tendrons, rendez hommage;
   Et r'lan tan plan,
    Tambour battant.

En garnison, on est fidelle
Autant que dure le séjour ;
Le tambour bat, la gloire appelle,
Il faut partir ; adieu l'amour.

3

Tout le beau sexe se désole ;
On pleure un jour le régiment.

D'UN TON PLEUREUR.

Et r'li, et r'lan.

C'est bien là le cas des soupirs ; les yeux
sont battus, le teint plombé. Ce ne
sont que migraines, que vapeurs. On
prend les grands bonnets, les baigneuses. Hélas ! cher régiment, vous
fuyez de mes tristes bras.

ON REPREND L'AIR.

Un autre arrive, on se console.

Adieu la migraine, les vapeurs, les baigneuses. On court au miroir ; le teint
s'anime ; l'œil étincèle ; le nouveau
régiment est reçu à bras ouverts ; les
parties sont liées, et tout vu :

ON CHANTE.

Rl'an tan plan,
Tambour battant.

Voilà comme on traite l'amour en garnison.

SUR UN RENDEZ-VOUS

DE NUIT.

Air : L'AUTRE JOUR COLIN MALADE DEDANS
SON LIT.

LE malin Dieu de Cythère
    Marche sans bruit
Sous le voile du mystère
    Et de la nuit.
Plus adroit, plus entreprenant
    Que les filoux,
Ce n'est jamais qu'en tâtonnant
    Qu'il fait ses coups.

4

AUTRE RENDEZ-VOUS

DE NUIT,

A une Araminte qui m'attendait, et que je trouvai sans lumière.

Air : FEMMES QUI VOULEZ ÉPROUVER.

COMPTANT sur l'éclat de vos yeux,
Vous avez éteint la chandelle.
Nous y gagnerons tous les deux;
J'en serai plus beau, vous plus belle.
Je vous jure un amour constant;
Vous m'en jurez autant, sans doute?
Nous ne nous plairons jamais tant,
Que lorsque nous n'y verrons goutte. (*bis.*)

A UNE DEMOISELLE

Qui me vantait la tendresse de son
prétendu.

Air : MON COUSIN L'ALLURE.

LE langage charmant
De l'amant,
Souvent n'est qu'imposture ;
Il est doux, complaisant
Et galant,
Et cela dure
Jusqu'au sacrement.
Mais bientôt l'époux
Est maussade et jaloux ;
De l'hymen voilà l'allure.

~~~~~~~~~~~~~~~~~~~~

Air : BABET, QUE T'ES GENTILLE !

JE n'avais point aimé
Avant de la connaître.
Celle qui m'a charmé
Me donne un nouvel être.
   Le céleste azur
   Est plus vif, plus pur
Quand je vois cette belle :
Son haleine embaume les airs ;
Elle est dans mille objets divers.
Je vois en elle l'univers,
Et ne vois rien sans elle. (*bis.*)

A UNE JOLIE FRANÇOISE,

LE JOUR DE SA FÊTE.

Air : TOTOT TOT, BATTEZ CHAUD.

L'HEUREUX François, la fleur des saints,
Gobe l'encens des capucins.
Mais, entre nous, Françoise a-t-elle
Moins de droits au culte divin ?
Eh ! qui nè voudrait, cierge en main,
Chanter matine à sa chapelle ;
  Et le cœur
  Plein d'ardeur,
 Être, en faveur plénière,
Gardien de sa capucinière ?

LE CARILLONNEUR.

J'étais à une noce à la campagne. Chacun
fit son couplet pour les mariés. L'un
avait fait pour le curé, l'autre pour le
vicaire, et je fis celui-ci pour le carillonneur.

Air : MES CHERS AMIS, POURRIEZ-VOUS
M'ENSEIGNER ?

TENDRES époux, j'suis le carillonneur,
L'oracle et l'devin du village :
Vous s'rez aimés, vous aurez du bonheur ;
Vous ferez un bon p'tit ménage.
C'est moi qui vous l'prédis ;
Mais suivez mon avis ;
Il part d'une bonne caboche.
N'ayez jamais qu'un lit à deux.
Le carillon n'en va que mieux,
Quand l'battant est près de la cloche.

LE DIVORCE.

Dialogue entre madame Engueule et madame Saumon, harengères.

Air : LES MARIGNERS D'LA GUERNOUILLÈRE.

MADAME ENGUEULE.

J'aurons l'divorce, ma commère,
En dépit de nos calotins.
Avec trois sacrés mots latins
Du mariage, ils font z'eunne *galère*.
Et l'saquerment nous plonge encor
Au fond d'l'enfer, après la mort.

MADAME SAUMON.

Avec l'divorce, mon chien d'homme
N'me f'ra pu tant son embarras ;
Il n'vendra pu jusqu'à nos draps

Pour payer ses d'mi'squés d'rogome ;
Il saura que j'peux l'planter là,
Et ça seul le corrigera.

MADAME ENGUEULE.

Et l'mien donc qui porte à sa gueuse
C'que je gagne, et jusqu'à mes jupons :
J'en f'rai justice, j't'en réponds.
Tu verras c'te belle engueuseuse,
Drès que l'divorce sera v'nu,
Les yeux pochés, et l'cul tout nu.

MADAME SAUMON.

Jenne brebis douce et gentille
Tombe à vieux vilain loup-garou.
On met du dur avec du mou
Pour l'intérêt de la famille.
La jeune fille n'en veut pas ;
Mais papa l'veut, faut sauter l'pas.

MADAME ENGUEULE.

C'te pauvre enfant qu'on tir-rannise
Obéit, et n'ose broncher.
Comme l'agneau va cheux l'boucher,
Telle elle va triste à l'église.
Sa bouche y dit, oui, son cœur, non ;
V'la qu'est bâclé, l'mariage est bon.

MADAME SAUMON.

N'y a pu moyen de s'en dédire,
Par l'indissolubricité ;
Du bon Dieu c'est la volonté
Qu'all' souffre un éternel martyre ;
V'la comm'vous raisonne un cagot,
Qui d'son Dieu fait zun ostrogot.

MADAME ENGUEULE.

Faut d'la vartu pu gros qu'un ange,
Pour que l'mâtin ne soit pas cocu :
Bientôt la tête emporte l'cu ;
Faut ben gratter où ça démange :
Un galant gratte, et par un sort,
V'la qu'ça démange encor plus fort.

MADAME SAUMON.

Pour la vartu faut zêtre libre :
L'choix qu'on fait soi-même est l'seul bon ;
L'mariage est comme le canon,
Faut qu'son boulet soit de calibre,
Sinon il rate, ou porte à faux,
Et c'est j'ter sa poudre aux moignaux.

MADAME ENGUEULE.

Nous faut l'divorce, pour bien faire ;
Lui seul rendra l'mariage heureux.
Quand on peut s'quitter tous les deux,
On y prend garde, on cherche à s'plaire.
Comm'ça j'verrons moins d'libertins,
Moins de cocus, moins de catins.

M.ᵐᵉ B * * *

A SON AMIE ASPASIE,

SUR LEUR DOUBLE MARIAGE,

Célébré le même jour 23 prairial, l'an 2
de la République.

(Ces couplets ont été chantés par madame B***,
à table, le jour de sa noce.)

Air : DAIGNE ÉCOUTER LA VOIX SENSIBLE ET
TENDRE.

JE te chéris, mon aimable Aspasie,
Et je suis cher à ton sensible cœur.

Pour resserrer le doux nœud qui nous lie,
Un double hymen double notre bonheur.

Nos deux amans, que l'amitié rassemble
Sous même toit, vont être nos époux.
Chère Aspasie, en les goûtant ensemble,
Nos plaisirs purs n'en seront que plus doux.

Sans sacrement, mais devant le grand être,
Nous contractons le saint engagement
De nous aimer, non par l'ordre d'un prêtre,
Mais de l'amour qui dicte le serment.

Ah ! respectons ce serment redoutable,
Ce nœud sacré que le cœur a formé.
N'oublions pas, qu'en se rendant aimable,
On est bien sûr d'être toujours aimé.

La liberté du froid célibataire
Est d'Arpagon le trésor sans valeur ;
Mais se donner à l'objet qui sait plaire,
C'est être libre, et bien placer son cœur.

Qu'il m'aimera, l'époux de mon amie, (1)

---

(1) C'était B*** qui avait fait le mariage de son amie.

Pour tous les dons qu'en elle je lui fais !
Talens, vertus.... Déjà sa modestie
En rougissant dit tout.... et je me tais.

A L'AIMABLE GENEVIÈVE,

Le 3 Janvier 1792.

Air : VOUS M'ENTENDEZ BIEN.

POUR votre fête et le bon an,
Je vous dois plus d'un compliment ;
    Mais un papa, ma reine,
        Eh bien !
N'en fait pas par douzaine :
    Vous m'entendez bien.

Je n'en fais plus qu'un ; mais mon cœur
Y met une si vive ardeur,
    Que sans en rien rabattre,
        Eh bien !
Pour un, on m'en rend quatre,
    Vous m'entendez bien.

De mon compliment tout de feu,

Pour mon bonheur tâtez un peu;

Le desir de vous plaire,

Eh bien !

Me le fera mieux faire;

Vous m'entendez bien.

A CHARLOTTE.

IM-PROMPTU.

J'arrive dans une campagne où on fêtait
une charmante Charlotte. Je fis à table
ces deux couplets.

Air : DU HAUT EN BAS.

A l'im-promptu,

Belle Charlotte, je vous fête,

A l'im-promptu;

Je n'ai rien su ni rien prévu.

Mais je vous vois, ma muse est prête;

Et le plaisir monte ma tête

A l'im-promptu.

A l'im-promptu,
Charlotte tourne une cervelle ;
A l'im-promptu,
On vient, on voit, on est vaincu.
Qu'elle est aimable ! qu'elle est belle !
Que ne ferait-on pas pour elle
A l'im-promptu !

CHANSON PROPHÉTIQUE

SUR

LA LETTRE AU ROI;

Par le prince de C***, pendant l'Assemblée des Notables, en 1788.

Air : DES FRAISES.

Un grand voulut prouver que
La France est dans Versailles ;
Qu'il faut faire la banque-
Route, et que le tiers (1) n'est que
Canaille.   (*ter.*)

---

(1) Le tiers-état.

Souvré rit, et répliqua :
Si ce tiers est canaille,
Par fierté, nous n'avons qu'à
Payer tout pour lui, jusqu'à
     La taille.   *(ter.)*

Oui, ménageons ce tiers-là,
Ajoute un des notables ;
Sinon, chez nous il viendra
Se chauffer, et dîner à
     Nos tables.   *(ter.)*

SUR LE MÉMOIRE

DES

CINQ PRINCES DU SANG,

PRÉSENTÉ au roi en Décembre 1788.
C'était dans le tems de Noël.

Air : AH ! MA VOISINE, ES-TU FACHÉE ?

LE quintuor sérénissime
Perd, à jamais,

Son honneur, l'amour et l'estime
Des cœurs français.
Mais il aura ses écuries,
Ses bas valets,
Ses chiens, ses capitaineries,
Et nos sifflets.

SUR LE MANDEMENT

DE Mgr DE MARBOEUF,

ARCHEVÊQUE DE LYON,

Portant permission de manger des œufs,
du beurre, du lait et du fromage pendant le carême de 1789.

Dans ce Mandement, à propos de fromage, il
condamne la prétention du Tiers-État contre
la Noblesse; il cite toujours Isaïe, pour prouver que Dieu est irrité de cette prétention,
et que c'est à elle qu'on doit attribuer la grêle
du 13 juillet 1788, et le grand hiver de cette
année.

Air : DE LA MARCHE DU ROI DE PRUSSE.

MONSEIGNEUR de Marbœuf

N'est pas si gros qu'un bœuf; (1)
Mais il a plus d'esprit;
Comme il écrit !
Son beau mandement pour les œufs
Est plein de traits piquans et neufs,
Où sont mêlés et confondus,
Beurres frais et beurres fondus :
Fromage, et noblesse, et tiers-état,
Dont il règle le débat.
Il est clair
Que la grêle et le grand hiver,
Que tant de maux,
Tant de fléaux,
Sont lancés par l'éternel,
Sur ce tiers criminel,
Qui, dans sa stupide illusion,
Prétend être la nation.
Par Isaïe endoctriné,
Par le ciel même illuminé,
Le saint prélat séduit nos cœurs
Par ces mots consolateurs.
Un peuple fidèle et chrétien,

_____

(1) Il est très-gros.

Doit tout souffrir, n'a droit à rien.
Qu'il travaille pour les grands,
Qu'il bénisse ses tyrans.
Ou qu'en ce monde il soit enchaîné,
Et dans l'autre à jamais damné.

~~~~~~~~~~~~

Air : DU PETIT JOKEI.

An 4 de la République.

L'AMOUR, Thémis et la fortune
Sont les moteurs de l'univers;
L'éclat du jour les importune;
D'un bandeau leurs yeux sont couverts;
Et le destin qui les dirige,
Y voit clair à-peu-près comme eux;
Voilà par quel heureux prodige
Tout, ici-bas, est pour le mieux.   (*bis.*)

Dans une obscurité profonde,
On n'entrevoit point la raison :
La sottise est reine du monde,

Et

Et le gouverne à sa façon.
Pauvres aveugles que nous sommes !
Notre seul guide est le hasard ;
La vie entière, pour les hommes,
N'est qu'un jeu de colin-maillard.   (*bis.*)

De la déesse la plus belle,
L'époux est le plus laid des Dieux ;
Il faut à la vieille Cybèle
Un jeune Atys bien amoureux.
L'hymen unit Lise à Cassandre,
Araminte à jeune égrillard.
Epouser, c'est se laisser prendre
A tâtons, au colin-maillard.   (*bis.*)

Les fripons sont les gens habiles,
Et les gens d'esprit sont des sots ;
Les Dumas, les Fouquiers-Tainvilles,
Sont nos Séguiers, nos Daguesseaux.
Par eux, Thémis prête main-forte
A Pasquin, brave citoyen,
Pour mettre son maître à la porte,
Et s'emparer de tout son bien.   (*bis.*)

Le drame chasse Melpomène ;

K.

Et cent fois , sans se ralentir ,
Il fait grimacer sur la scène
Misanthropie et Repentir.
De son domaine au Vaudeville ,
Le calembourg chasse Favart;
Notre institut chasse Delille ,
Et Fontane , et le bon Sicard.　　　　(*bis.*)

A tout emploi qui vaque on nomme
Un brave citoyen Pasquin ;
Et de tout emploi l'honnête homme
Se voit chassé comme un coquin. (1)
Un gingeollet idéologue
Chasserait Baÿle et Montesquieu ;
En ballon , Paillasse astrologue ,
Monte au ciel pour en chasser Dieu. (*bis.*)

_____

(1) Le mot honnête homme est à présent une injure , et
le titre d'honneur est le noble mot sans-culotte.

A UN HOMME,

Qui me consulte sur un mariage projeté,
et qui craint.... La future est jolie.

MÊME AIR.

Si l'hymen est une folie,
S'il est peu sûr de s'engager,
C'est quand on prend femme jolie,
Elle expose à.... certain danger.
Il n'en est point avec les laides ;
Leur vertu court peu de hasards :
Là ne va point la cour des aides
Faire l'époux co....lin-maillard.   (*bis.*)

J'ai vu la scène de la chanson suivante,
et je n'ai fait que rimer la fureur de
la mère.

K 2

~~~~~~~~~~~~~~~~~~~~~~

UNE chère mère idolâtre une fille aînée
laide ; elle a vingt-sept ans ; elle veut
se marier à un jeune homme amoureux de sa sœur cadette, qui en a dix-
sept, et est jolie. Le jeune homme
vient de faire à la mère la demande
en mariage de la cadette ; l'aînée croit
que c'est d'elle dont il s'agit ; la mère
furieuse lui répond :

AIR D'UN VIEUX MENUET.

———————

NON, non, ma fille, hélas!
 Tes divins appas
Ne triompheront pas ;
  C'est ta sœur
 Qui soumet le cœur
 De l'ingrat amant
Qui cause ton tourment.

Il demande sa main ;
Et dès demain,
Il ose proposer
De l'épouser.
J'en suis toute en fureur ;
Mais quelle erreur
Peut donc faire
Qu'il préfère
Ta sœur ?
Quelques appas naissans,
Et dix-sept ans,
Un minois chiffonné,
Un petit nez,
Valent-ils tes grands traits,
Ton teint frais,
Tes robustes attraits ?

LA SOEUR AINÉE

A SA CADETTE,

Qui attend Léandre, en la renvoyant
dans sa chambre.

Air des visitandines.

Contrainte à me quitter la place,
Vous me boudez, ma chère sœur;
Votre air mielleux n'est que grimace;
Il cache assez mal votre humeur.   (*bis.*)
Mes vingt-sept ans ont, sur Léandre,
Des droits bons à réaliser :
Mon âge est pressé d'épouser,
Et le vôtre a le tems d'attendre.   (*bis*).

VERS

A METTRE EN CHANT.

Un soupir est l'écho du cœur ;
Du tendre amour c'est le langage ;
C'est le présage
Du bonheur.
Dans leurs amours nouvelles ,
Les volages amans
Ont recours aux sermens.
Pour les amans fidèles ,
Un soupir est l'écho du cœur ;
Du tendre amour c'est le langage ;
C'est le présage
Du bonheur.

AUTRES VERS

A METTRE EN CHANT.

LE cocuage
Est en ménage
Un accident
Peu chagrinant
Et très-fréquent.
On se le rend
Comme on le prend ;
C'est le trantran ,
C'est une mode ,
Une méthode
De tous les tems.
Elle est commode ;
Nombre de gens
S'en accommode.
On ne dit rien ,
Et tout va bien.

Mais quand la jalousie
D'un indocile époux
N'entend point raillerie,
Alors on s'étudie,
On se prête, on se plie,
On use d'industrie,
On flatte, on file doux :
Enfin la perfidie
Porte les derniers coups ;
Et voilà le jaloux
Mis dans la confrérie.

M.ʀ JANOT ET M.ʟʟᴇ SUZON,

HÉROÏDE DRAMATIQUE.

M. Janot, après l'accueil que lui a fait le père de mademoiselle Suzon, et le cadeau qu'il en a reçu, bien convaincu que c'ᴇɴ ᴇsᴛ, a toujours ce cadeau-là. sur le cœur; mais il n'en aime pas moins sa chère amante. Il attend que le cher père soit sorti; il va chez mademoiselle Suzon; il ôte bien poliment son bonnet, et dit amoureusement:

Air : ᴅᴇ ʟᴀ ᴍᴀɢɴᴏᴛᴛᴇ.

Cette chanson se chante avec la prose.

J'ɢʀɪʟʟ' pour vous, mamsell' Suzon,
D'un amour plus que tendre;

J'n'y tiens pu : t'nez, sans façon,
  Il faut, sans plus attendre,
  Que je vous l'fàsse (*ter.*) entendre.

Mademoiselle Suzón, surprise, tient son quant-à-soi, fait sa fière, et répond avec dignité et un petit air moqueur :

  Vot' amour, monsieux Janot,
    Za ben d'la pétulance ;
  Mais je n'm'y rends pas si-tôt ;
    Il faut que j'voi' d'avance
    S'il prendra consistance.

M. Janot, blessé du doute, fait son capable; tire son jabot, qu'il fait bouffer, faut voir; et plein d'amour et de vanité, répond :

  T'nez, v'là l'garant d'mon ardeur
    Que j'mets t'en évidence :
  Damm', c'est là la clef du cœur !
    Si l'vot' fait résistance,
    J'l'ouvre par violence.

Les belles manières gagnent le cœur.
Mademoiselle Suzon perd sa fierté ;
elle s'attendrit ; et avec modestie, les
yeux baissés sur le jabot :

> Je n'sais pas trop si cela
> Zest fort dans la décence ;
> Mais ce chien d'argument-là,
> Pour ma pauvre innocence,
> Tir' bien à conséquence.

M. Janot, qui sait son savoir vivre,
et qui a de l'usage du monde, voit
que ça prend. Il fait son avantageux,
caresse son jabot, qui bouffe, que n'y
a rien de si beau, et dit d'un ton de
petit-maître :

> Savez-vous ben qu'chaque jour
> Ça m'fait faire eunn' conquête !

MADEMOISELLE SUZON, D'UN TON ADMIRATIF.

> Je l'crois ben : zen fait d'amour,
> J'n'ai rien vu d'pu t'honnête :
> Vous me l'mettez zen tête.

C'est

C'est l'amour que M. Janot met en tête
à mademoiselle Suzon. Il profite du
moment, et le voilà dedans le cœur
de la demoiselle, qui se dit tout bas :
Attendu que M. Janot n'est pas loin,
et qu'il pourrait entendre,

(A PART.)

Le prendrait-on pour un sot,
    Za l'air dont il m'accointe ?

(HAUT, ET D'UN TON BIEN TENDRE :)

C'est ben doux, monsieux Janot,
    De vous être conjointe.
    Comm' vous poussez vot' pointe!

Les expressions de la tendresse manquent
à ces amans. Ils se regardent sans se
rien dire, mais ils n'en pensent pas
moins; ce qui donne lieu à une panto-
mime fort intéressante. Enfin, M. Janot
rompt le silence, et dit d'un ton d'épigramme :

Vot' amour, mamsell' Suzon,

L

Ne plaint point la dépense.
On peut dire, avec raison,
Queu corne d'abondance !
Et que de complaisance!

M. Janot n'a plus rien à dire à mademoiselle Suzon, qui plus en fonds pour
la conversation, voudrait la faire durer
plus long-tems. Elle est fâchée, et dit
avec humeur :

Quoi ! monsieux Janot m'laiss' là
Zau début d'unn' partie ! —

(M. Janot, d'un ton malhonnête :)

J'en ai joué six, et je m'en va,
Mamsell'; je n'ai pas t'envie
De couler là ma vie.

D'ailleurs, vot' cher père pourrait ren-
trer. —Fi, monsieux ! c'est zinfâme ;
on n'a jamais fait des malhonnêtetés
comme ceux-là. —Eh bien, mamzell',
je reviendrai demain.

M. Janot prend son bonnet, et s'en va.
Mademoiselle Suzon boude.

A FÉLICITÉ B***,

POUR SA FÊTE.

Une jeune personne, nièce de cette
dame, qui l'a élevée chez elle, et
a fait elle-même son éducation,
me demande des couplets pour sa
bienfaitrice.

Air : DU SERIN QUI TE FAIT ENVIE.

EN LUI PRÉSENTANT UNE COURONNE DE
FLEURS.

FÉLICITÉ, cette couronné
N'a point l'éclat des diamans ;
Mais la vertu qui vous la donne
Méprise de vains ornemens.
Moi, je suis la reconnaissance ;
De sa part je viens vous l'offrir :

L 2

A couronner la bienfaisance,
Ah ! que je goûte de plaisir ! (*bis.*)

Vous avez instruit mon jeune âge ;
Votre exemple a formé mon cœur :
C'est de vous qu'il tient en partage
Et la tendresse et la candeur.
Vous qui m'aimez comme une mère,
Que j'aime aussi plus que le jour :
Je ne vous serais pas si chère,
Si vous doutiez de mon amour. (*bis.*)

C'était à la campagne où cette tante était
allé passer quelque tems chez la mère
de la jeune personne, belle-sœur de
FÉLICITÉ. Cette mère lui dit sur
le même air :

Félicité, qui sur la terre
Nous apparais si rarèment,
Je te croyais une chimère ;
Je sors d'erreur en te voyant.
Sous les traits d'une sœur chérie,
Tu viens enfin combler mes vœux.
Je te possède... Ah ! dans ma vie,
J'aurai donc quelques jours heureux. (*bis.*)

A ANNE-JEANNE-FÉLICITÉ D'ORMOY,
M.ᵈᵉ-SAINT-JUST.

J'avais oublié sa fête. Le nouveau calendrier mettait à la place des Saints, des choux, des navets, des oignons, du persil et de la ciboule. Le soir, je vis qu'on la fêtait, et je lui fis ces couplets dans la nuit.

Air : JE VIENS DE QUITTER MA CLORIS.

26 Juin 1798.

Des Saints, notre calendrier
   Ne m'offre plus la liste ;
Et l'amour m'a fait oublier
   Le grand saint Jean-Baptiste.
Oublier Jean, c'est pécher, j'en
   Conviens, et je me damne ;
Mais j'étais, pour penser à Jean,
   Trop occupé de Jeanne.

De cette Jeanne, en moins de rien,

3.

Le petit dieu folâtre,
Autant que j'étais bon chrétien,
Me rendit idolâtre.
Quittant le culte de Jésus,
Pour celui de la belle,
C'était Hébé, Flore et Vénus
Que j'adorais en elle.

Opère la conversion
D'un payen, d'un impie,
Saint Jean. Par la contrition,
Que mon péché s'expie :
Pour pénitence, change-moi
En croix à la Jeannette,
Et que de Jeannette d'Ormoy
J'orne la gorgerette.

Là, d'un petit vallon charmant
Le creux expiatoire
Me fera bénir mon tourment
Dans un doux purgatoire.
Par un contraste assez heureux,
Deux petits monts de neige
Épureront, entre deux, feux
Mon ame sacrilége.

Mais, dans cette neige de feu,
  Jeanne, je désespère
Que ma souffrance, du bon Dieu
  Fléchisse la colère.
De son paradis écarté,
  Que j'entre dans le vôtre;
J'y passerai l'éternité
  Plus gaîment que dans l'autre.

E N V O I.

Air : FEMMES QUI VOULEZ ÉPROUVER.

A la pucelle d'Orléans
Convenaient le gros nom de Jeanne,
De gros muletiers pour amans,
Et pour bucéphale un gros âne.
Mais à d'Ormoy, sœur d'Apollon, (1)

---

(1) Madame de Saint-Just, auteur de plusieurs opuscules très-jolis, imprimés en 1784, et de deux romans publiés depuis, ainsi que du petit LAVATER, almanach curieux que l'on trouve chez DEMORAINE, Imprimeur-Libraire, rue du Petit-Pont, N.º 99.

4

Gentil objet, grâce mignonne,
L'Amour doit un plus joli nom :
CHARMANTE est celui qu'il vous donne.

A L'AIMABLE ANNETTE D'ORMOY,
M.^D-SAINT-JUST.

Le jour de SAINTE ANNE, an 8.

Air : MADELEINE A BON DROIT PASSA.

AUX saints tendrons du paradis,
Mon amour dut bien des conquêtes;
Aussi je leur faisais jadis
De beaux cantiques pour leurs fêtes.
J'avais, pour prix de la façon,
Et Rose, et Constance, et Suzon.

J'ai l'honneur d'être l'amoureux
De l'Annette la plus charmante.
Quand un cercle aimable et joyeux
De fleurs la couronne et la chante,
Au moins lui dois-je la façon
De quelques couplets de chansons.

Elle est l'objet de tous mes vœux ,
Cette adorable et chère Annette ;
Elle m'aime aussi, quoique vieux ;
Et , par une faveur complète ,
Je suis près d'elle jour et nuit
Dans un bon li (*bis.*) vre qu'elle écrit. (1)

Annette, mon amour pour vous
Est, par malheur, sans conséquence ;
Votre très-cher et digne époux
En rit, bien loin qu'il s'en offense ;
C'est moi qui suis jaloux de lui ,
Et lui qui vous fête aujourd'hui.

Il nous invite à ce festin ,
Pour être témoins de sa gloire.
Dans mon dépit , je bois son vin ,
Pour me venger de sa victoire ,
Et porte à sa chère moitié
Le petit coup de l'amitié.

---

(1) Cette dame est auteur de plusieurs ouvrages. Elle fait actuellement un almanach, où j'ai fourni quelques vers mis à côté des siens.

A LAURENT***,

LE JOUR DE SA FÊTE, AN 8.

Ce Laurent est fêté par sa femme, ses enfans et des amis intimes. Il aime éperdûment ses enfans et sa femme ; il a chez lui son père, vieillard de quatre-vingt-trois ans, infirme et aveugle ; ce père est l'objet des soins les plus tendres et les plus assidus de Laurent.

Air : FEMMES QUI VOULEZ ÉPROUVER.

Bon fils, bon père, bon époux,
Laurent, tous les cœurs intéresse.
Le jour de sa fête est pour nous
Jour de plaisir et de tendresse,
Avec ardeur, au bon Laurent,
Une famille aimable et chère
Offre un pur hommage, et lui rend
Le culte qu'il rend à son père. (-bis.)

A MON AMI PIERRE-MÉRARD-SAINT-JUST,

Pour sa fête, à la Saint-Pierre, an 8.

Air : DE LA PAROLE.

On met son esprit à l'envers,
Pour fêter un objet qu'on aime.
A quoi bon tant de méchans vers,
Que réprouve l'auteur lui-même?
L'amour y perd de son ardeur,
Et l'amitié de sa franchise.
Le sentiment n'est point rimeur;
Il a l'éloquence du cœur,
Et pour lui l'esprit (*bis.*) est sottise (*bis.*)

Le Pierre qu'on fête aujourd'hui
Par le cœur n'est ni roc ni pierre.
S'il l'est d'ailleurs, tant mieux pour lui,
Et tant mieux pour sa ménagère.
Mais sur le mot ne louons pas
Ou l'ami Roch, ou l'ami Pierre,

6

De peur qu'ils ne soient dans un cas
Qui fait dire aux dames : hélas !
Un Pierre n'est pas (*bis.*) une pierre. (*bis.*)

Si vous sifflez ce calembourg,
Censeur pointilleux et sévère,
Sifflez aussi celui qu'un jour
Fit Jésus sur le nom de Pierre.
Pierre fut la pierre qu'il prit
Pour bâtir sa chrétienne église.
Ce mot, fût-il du saint Esprit,
Prouve bien, comme je l'ai dit,
Que souvent l'esprit (*bis.*) est sottise. (*bis.*)

Foin de l'esprit et du Phœbus ;
Occupons-nous de notre affaire ;
Fêtons l'ami Pierre-Saint-Just
De la façon qui peut lui plaire.
Laissons saint Pierre, et célébrons
Comus et le Dieu de la treille.
Au bon Saint-Just, trinquons, buvons,
Rions, animons nos chansons
    De ce bon esprit
    Que la gaîté mit
      En bouteille. (*bis.*)

QUELQUES

PIÈCES FUGITIVES.

QUELQUES
PIÈCES FUGITIVES.

ÉPIGRAMME.

RÉPONSE d'un Auteur à une Épigramme par laquelle on lui défendait d'écrire. 1761.

Vous pouvez bien, censeur atrabilaire,
Contre mes vers exercer vos rigueurs.
Vous pouvez m'envoyer, avec cent plats auteurs,
Barbotter dans la fange où croupit la Morlière ;
Mais vous n'étendez pas vos droits
Jusqu'à me forcer au silence.
Perdez-en la vaine espérance,
Et bornez vos injustes lois.
Vous ne contraindrez point mon indocile verve.
Malgré Phœbus, malgré Minerve,
J'ai bien rimé ; jugez, censeur jaloux,
Si je rimerai malgré vous !

~~~~~~~~~~~~~~~~~~~~

A la fin de 1776, la reine se promenant
à la campagne, vit une vieille paysanne
qui tenait dans ses bras un joli enfant,
âgé de trois ans; c'était le petit-fils
de cette bonne femme, à laquelle la
reine le demanda; le marché fut con-
clu, et l'enfant alla dans le carrosse
même de la reine coucher à Versailles.
Il était toujours ou sur le lit ou à la
table de la reine: on l'appelait l'enfant
gâté.

Pour le premier jour de l'an 1777, on me demanda, pour cet enfant, un petit compliment
adressé à sa bienfaitrice. J'envoyai ce rondeau.

———————

LE PETIT ARMAND.

A LA REINE.

RONDEAU.

A trois ans on m'enlève; et je passe un beau jour,
Du sein de la misère,

Du fond d'une chaumière,
Au brillant séjour
De la cour.
Enfant gâté d'une reine adorable,
Assis sur son lit, à sa table,
Je rends jaloux maints courtisans,
A trois ans.
A cette reine, aussi belle que bonne,
Mille doux baisers, une fleur,
Et mon cœur,
Sont les étrennes que je donne :
Offre-t-on de plus chers présens
A trois ans ?

~~~~~~~~~~~~~~~~~~~~~~~~

En l'absence d'un de mes amis, nommé
Blaise-Pascal, comme son grand-oncle,
je fis porter chez ce neveu le buste de
l'oncle, que le célèbre Pajou permit
qu'on coulât dans le creux de sa figure,
et je mis au bas ces vers. En 1788.

————————————

Pajou, des Phidias l'élève et le rival,
Sous ce marbre vivant nous rend Blaise-Pascal.

Mais c'est peu que l'homme y respire :
D'un problême nouveau sondant la profondeur,
Le génie y paraît méditer et produire.
Chez son neveu Pascal portons le bloc penseur.
L'enjouement, les bons mots, le sel de la satyre,
L'épigramme sans fiel, cet esprit juste et fin ,
   Cet esprit de famille enfin ,
Animeront le marbre et le feront sourire.

A UNE JOLIE FEMME

Qui me reprochait de ne pas admirer assez
  l'Art d'aimer de Bernard, et me disait
  que je ne l'avais pas lu, ou mal lu ;
  elle m'envoya ce poëme ; en le lui renvoyant j'y joignis ces vers.

MADRIGAL,

J'AI lu cet Art d'aimer ; j'ai dit à mainte page :
O le gentil Bernard ! ô le charmant ouvrage !

Mais , aimable Glycère, aimer n'est point un art ;

    L'art tient toujours de l'imposture ;

Et l'amour est l'enfant de la simple nature.

A ses tendres leçons vos yeux , d'un seul regard ,

Donnent bien plus de prix que les chants de Ber-

        nard.

Il peint le sentiment ; mais Glycère l'inspire ;

Chez lui l'amour disserte ; avec vous il soupire :

Bien plus éloquemment que ne fait le rimeur,

Ce qu'il dit à l'esprit , vous le dites au cœur.

    Vous possédez , belle Glycère,

    Non l'art , mais le don de charmer.

    C'est chez vous qu'on apprend à plaire ,

    Et que, sans art, on sait aimer.

~~~~~~~~~~~~~~~

Mademoiselle Henriette Georgeon, auteur de plusieurs pièces de vers, de romances et de chansons, est proposée à la société de Belles-Lettres ; je suis chargé de faire un rapport sur les ouvrages de cette jeune personne, qui, au talent de la poésie, joint celui de la musique. Elle venait de chanter à une séance publique, de cette société une chanson de sa composition, intitulée le PETIT DIADLE, qui fut fort applaudie. Immédiatement après cette chanson, je lus la pièce suivante :

———————

UN petit diable féminin,
Au doux sourire, au front serein,
Paré des lys de la jeunesse,
Et des roses de la pudeur,
Digne élève de la sagesse,
N'en est pas moins un séducteur ;
Un diable enfin, plus adroit tentateur,

Que tous ceux du grand saint Antoine ;
Ils font reculer de frayeur
Le péché même. Ce bon moine,
Dans son désert, avec horreur,
Ne vit que hideuse grimace,
D'un groupe affreux au teint de ramoneur,
Aux fronts cornus, au long nez de bécasse;
Et dut le ciel à la laideur,
Bien plus qu'à la grâce efficace.
Peut-on damner quand on fait peur ?
Mon lutin charmant, doux, affable,
Au lieu d'un saint eût fait un diable.
Avec gentillesse et candeur,
Il damne en tout bien, tout honneur.
Minerve et le Dieu de Cythère,
A frais communs, à l'envi l'ont doté.
Sans les talens, que serait la beauté ?
Sans la beauté les talens sauraient plaire;
Ils disposent aussi du cœur.
Mon diable, par grâce plénière,
Obtint l'une et l'autre faveur.
Doué d'un organe enchanteur,
Il tient d'Apollon qui l'inspire
L'art du chant et l'art de la lyre.

Il sait, à chaque passion ,
Donner sa juste expression ,
Et variant sa mélodie ,
Il transmet au cœur enchanté ,
Ou la douce mélancolie ,
Ou les transports de la gaîté.
Tels sont les dons que lui fit Polymnie.

Caliope , à sa sœur unie ,
Voulut que ce jeune Amphion ,
De son poétique génie
Eût aussi l'inspiration.

Le Goût, la Grâce et la Folie,
Chez lui chantent à l'unisson
L'anacréontique chanson.
Il sait donner à la romance
Cette antique simplicité ,
Cette naïve négligence ,
Cette molle facilité ,
Plus difficile qu'on ne pense.
La tendre sensibilité ,
D'un cœur doucement tourmenté ,
Soupire dans son élégie.

Du sel piquant de la saillie ,
Il assaisonne un madrigal ,

Et sur son minois virginal ,
Essayant son masque , Thalie
Dit en riant : —Il ne lui va pas mal.
   Et poétique , et musical
Il a double droit à la place
Qui vaque sur notre Parnasse.
Il en connaît tout le local ,
Et comme Muse , et comme Grâce ,
Il y tiendra fort bien son rang ;
Plus d'un succès est son garant.
Avec connaissance de cause ,
Mes collègues , je vous propose
D'aller à l'appel nominal ,
Pour coucher..... sur notre journal
Ce diablotin couleur de rose.
Vous me nommez son rapporteur ;
Mais , plus que septuagénaire ,
Ma verve a trop peu de chaleur
Pour ce diable dix-huitenaire.
Il faut le soleil à la fleur.

Chargez de son rapport quelque jeune confrère ,
   Quelqu'autre diable plein d'ardeur ,
   Qui du sujet atteigne la hauteur.

ÉPIGRAMME.

Quand de ses vers Damis forme un nouveau
recueil,
A ces pauvres défunts veut-il rendre la vie?
Non, hélas ! il n'a d'autre envie
Que de les unir tous dans le même cercueil.

MON RADOTAGE.

PRÉFACE.

On ne voit que radotages en France, dans le bon tems où nous vivons. Mon radotage à moi est tout naturel ; c'est celui de la vieillesse ; les autres sont ceux de la jeunesse de notre amélioration.

Radotage n'est pas bon sens... Le ton grave, scientifique et sentencieux ne le rend que plus absurde. Voyez le radotage idéologue, ce grand réformateur ; il fait taire Montagne, Bayle, Montesquieu et la raison. Il s'empare de la férule de Rollin, le chasse de sa chaire. Il y monte coiffé d'hyperboles ; il y professe aux

M

bancs et aux murailles le galimathias néo-
logique.

Voyez le radotage philosophique. Il
ôte Dieu à l'univers, et l'univers à Dieu.
Pour recréer la création, il nous remonte
au chaos. C'est à présent le feu qui
tourne autour du dindon; (1) ce n'est
plus le dindon qui tourne devant le feu.
Il met par-tout la charrue devant les
bœufs. Combien d'autres radotages !

Ceux-là sont tous bien tristement fous;
le mien ne vaut pas mieux; mais il est
follement gai.

Eh ! comment ne le serait-il pas ! Je
l'ai rimé au bon tems de l'ivresse des
plaisirs, dans le tourbillon des fêtes con-
tinuelles que donnait à l'unité, à l'in-

---

(1) Cette grande et belle figure n'est pas de
moi : celle de la charrue devant les bœufs lui
fait paroli.

divisibilité, à la fraternité, à la nature,
à la raison, à l'humanité, à toutes les
vertus; enfin, à l'Être-Suprême, son
divin prophête. La France était jonchée
de fleurs; les forêts étaient dépouillées;
leur verdure festonnait élégamment en
guirlandes sur les boutiques. Les save-
tiers, sous le titre pompeux de SANS-
CULOTTES, et couronnés du bonnet rouge,
s'humanisaient avec les honnêtes gens,
qu'ils méprisaient. On fraternisait, on se
tutoyait, on s'embrassait à des festins
civiques, le verre à la main, et les pieds
dans le ruisseau. On était excité à la joie
par les bons frères des comités révolu-
tionnaires, qui couvaient de leurs tendres
regards leurs chers compatriotes; rece-
vaient les dénonciations civiques, et in-
carcéraient civiquement, en sortant de
table, les convives du banquet fraternel.

C'était là qu'on savourait les deux onces d'un pain.... AH ! CHE GUSTO !... Le peuple dansait dans la boue. La guillotine était là pour le divertir. Il fallait bien rire ; c'était l'intention du joyeux fondateur ; sa devise était GAIETÉ, OU LA MORT. J'ai préféré la première, et j'ai écrit, ainsi qu'il suit, mon radotage. Lecteur, ayez de l'indulgence pour ma gaieté ; elle était de commande, et à l'ordre du jour.

MON RADOTAGE,

OU

MES VIEILLES FREDAINES.

CHANT PREMIER.

LA PROCUREUSE,

OU

LE SERIN ENVOLÉ.

Mes doux amis, dans la vieillesse,
Tournons le dos à l'avenir :
C'est l'abîme affreux, où sans cesse
Tous les êtres vont s'engloutir.
Fixons nos regards en arrière
Sur les roses, dont les amours
Nous ont couronnés, aux beaux jours
De l'âge heureux où l'on sait plaire.

3

Je viens d'avoir soixante huit ans (1):
Abandonné de l'espérance,
Je remonte vers mon printems,
Pour jouir en réminiscence :
C'est toujours une jouissance.
Le vieux guerrier trompe le tems,
En rabâchant sa vieille gloire ;
Moi, de mes vieux exploits galans
Je ragaillardis ma mémoire.
C'est le défaut de tout vieillard
D'être ennuyeux, vain, et bavard ;
Je vais radoter mon histoire,
Et faire la confession
Des fredaines de mon jeune âge.
Mon acte de contrition
Est d'en avoir perdu l'usage.

   A vingt ans, sans présomption,
J'étais assez joli garçon,
Pimpant, bien tourné, pas trop bête ;
Gai madrigal, leste chanson
Sortaient aisément de ma tête.
Nature était mon Apollon,

---

(1) C'était mon âge quand j'ai commencé ce Chant.

Et ma muse, en galante fête,
Etait un petit factotum.
J'étais joyeux convive à table,
Beau danseur, chanteur agréable.

    Idolâtre de la beauté,
Je me suis fait bien des querelles :
On taxa d'infidélité
Ma constance à toutes les belles ;
Mais comment méconnaître en elles
Les traits de la divinité,
Qui multiplia ses images,
Pour multiplier nos hommages ?
Oui, je l'adorais en Ninon,
Agnès, Araminte... et Marton.
Chez plus d'une Laïs aimable
J'étais..... l'ami de la maison.
Discret avec une intraitable,
Jamais à la témérité
Je ne dus un succès hâté ;
J'attendais l'instant favorable,
Et je mettais la volupté
Aux prises avec la fièrté.
Après un délai raisonnable,
Et de pure formalité,

Sur la grande difficulté
Elles transigeaient à l'amiable,
Et l'amour scellait le traité
Passé par devant la gaîté.

Mon premier métier fut la guerre :
Je combattais à Fontenoi :
L'honneur y fut content de moi.
A la paix, réformé, mon père,
Sur mes périls, glacé d'effroi,
Et de moi ne sachant que faire,
Me força de changer d'emploi.
J'en pris un.... qui ne m'allait guère.
Sortant de chez Mars, j'eus l'honneur
D'entrer clerc chez un procureur,
Grand fripon, d'humeur sombre et dure;
Des procureurs le plus bourru.

Thalie a peint, d'après nature,
Ce personnage biscornu.
C'est à sa grotesque tournure,
A sa marche en pigeon patu,
Qu'elle doit la caricature
Du fameux Jérôme-Pointu.

Là, je ne fis le commentaire
De la coutume de Paris,

Mais bien du code de Cythère :
Les amours , les jeux et les ris
M'occupaient de plus d'une affaire ;
Ce sont les seules que j'y fis.

Par la chronique scandaleuse,
Je savais que ma procureuse
Avait autant de chasteté
Que son mari de probité.
C'était une brune piquante ,
Jolie , accorte , sémillante,
OEil tapageur , minois lutin ,
Très-vive , et jouant l'indolente :
Cœur fragile , esprit incertain ,
Capricieuse , inconséquente.....
Pas le sens commun..... inconstante ;
Toute autre du soir au matin ,
Et petite maîtresse.... enfin
C'était une femme..... charmante ;
Moitié prude , et moitié catin.

A la belle je me présente
Encor sous le harnois guerrier ,
En leste et fringant cavalier ,.
D'une autre tournure que Blaise
Arrivant à pied de Falaise ,

Et qu'on loge au petit grenier.
Cajolerie est mon prélude :
Gros bouquets, petits vers galans,
Soins empressés, regards brûlans,
N'éprouvent point d'ingratitude.
Mon air franc, un peu libertin,
Bientôt déconcerte la prude,
Et met en humeur la catin.
Son fichu devient moins sévère ;
Il s'ouvre, et le double hémisphère
D'un sein éclatant de blancheur,
Enchante mon œil connaisseur.
A ce chef-d'œuvre orbiculaire
J'adresse un éloge flatteur,
Qui montre en moi plus d'aptitude
Pour le boudoir, que pour l'étude.
Mon amour presse avec chaleur,
Et communique son ardeur.
Je livre un assaut un peu rude,
Et je tire la botte au cœur.

On rit, on se fâche.... on élude ;
L'œil se trouble ; on est tout en feu ;
On prend l'imposante attitude....
Puis un soupir, puis un aveu,

Des pleurs, un délire.... et dans peu,
Je vais goûter la plénitude
Du bonheur.... Point du tout ; la prude
Me repousse et change son jeu.
    Du délire je vois la cause.
Mais.... comment vous rendre la chose !
Pour ne point blesser la pudeur ;
Je vais m'expliquer en danseur.
Sachez que ma capricieuse,
D'ardente imagination,
Trop vive, et trop prompte danseuse,
Sans attendre le violon,
Avait dansé son rigodon.
Elle est déçue, et furieuse ;
Au lieu d'un tendre pas de deux,
La belle, trop impétueuse,
N'a dansé qu'un solo fàcheux,
Qui la dégoûte de la danse.
Les sens calmés, à la vertu
Laissent un empire absolu.
Alors la pudeur, la décence
Tonnent contre mon insolence :
Je suis un monstre, et sans retour
Banni du boudoir de l'amour.

Irrévocable est ma disgrace,
Éternel est mon désespoir ;
Sans l'adoucir, le tems se passe,
Et se traîne en un long espace.
Ce n'est qu'au lendemain au soir
Qu'amour me rappelle au boudoir.
Mais aussi, quelle récompense
Est prodiguée à ma constance !
Quels transports ! quels élans du cœur !
Combien de preuves de tendresse !
Je les rends avec même ardeur......
Telle danseuse, tel danseur ;
A la valeur je joins l'adresse,
Et sors de la lutte en vainqueur.

Mes amis, ayez pour maîtresse
Une femme de procureur,
Et vous connaîtrez le bonheur.

Trois mois je sus fixer la belle,
Et trois mois je lui fus fidèle.
Nous nous aimions comme des fous,
Et plus que ne voulait l'époux,
A qui je tournais la cervelle.
Pour nous surprendre le jaloux
Etait toujours en sentinelle.

Il

Il troubla bien des rendez-vous ;
Mais, chaque jour, ruse nouvelle,
En trompant ce jean de nivelle,
Rendait nos jeux encor plus doux.

Un jour, il sort, pour une affaire
Qu'il va plaider à Vaugirard.
Il dînera chez la fermière,
Et ne rentrera que fort tard.
Nous le croyons ; car l'innocence
Se laisse aisément décevoir,
Et connaît peu la défiance.
Nous allons jaser au boudoir
En sûreté de conscience.

Dans l'embrâsure du sopha,
Où ma constance triompha,
De trois glaces le jeu fidèle
Peint plus voluptueusement
Que le docte pinceau d'Appèle,
Les pantomimes que la belle
Figure avec son tendre amant,
Et qu'à varier elle excelle.
C'est un triple tableau charmant,
Plein de vie et de mouvement,
Dont l'amour pose le modèle.

N

Là, brûlans des feux de l'été,
Et de ceux de la volupté,
Nous déposons toute parure ;
Au luxe de la vanité,
Préférant la simplicité
Du costume de la nature.

Deux fois, dans nos jeux ingénus,
Nous avons animé la glace
Des travaux du dieu de la Thrace
Avec la pudique Vénus,
Tels que les vit le blond Phœbus.
Nous imitons ce groupe aimable ;
Costume, amour, tout est semblable :
Aussi fortunés que ces dieux,
De nectar enivrés comme eux ;....
Comme eux, un Vulcain détestable,
Nous surprend au plus doux moment,
Et brusque notre dénouement
Comme le Vulcain de la fable.
Le rézeau manque heureusement.
Mais à la porte rudement
Notre bourru frappe, et tempête.
Nous nous rajustons promptement.
Ma Vénus ne perd point la tête ;

D'un ton doucereux et serein
Elle amuse le trouble-fête ,
Qui fait encore plus de train.
« Mon ami , point tant de tapage ;
» Vous effarouchez mon serin,
» Qui vient de sortir de sa cage.
» Petit , petit.... Ah ! je le tien :
» Non ; il m'échappe. » — Ouvrez la porte. —
— Ah , bien oui ! pour que l'oiseau sorte !
Ouvrez. — Je m'en garderai bien.

Le dialogue continue ,
Et dans cette déconvenué ,
Pour n'être point pris en défaut ,
Je m'esquive par la croisée,
Qui n'était qu'à dix pieds de haut.
Doucement elle est repoussée ,
Et sans danger j'ai fait le saut.

Tout est en ordre. La rusée,
Dans la cage prend le serin ,
Et va , le tenant dans sa main ,
Au tapageur ouvrir la porte ,
En le tançant.... de bonne sorte.
« Qu'avez-vous à mè reprocher !
» Et quelle fureur vous transporte !....

N . 2

» De l'œil vous avez beau chercher ;
» Il n'est point ici de mystère ;
» Voici l'oiseau ; la preuve est claire.—
Et l'autre.... il vient de dénicher.
Ce mot est une atroce injure,
Une calomnie, une horreur,
Un attentat de l'imposture
Contre la vertu la plus pure.
On pleure, on crie ; on joue enfin
La scène de George Dandin.
Moi, comme ami discret et sage,
J'accours au bruit, d'un air mouton,
Mettre la paix dans le ménage.
Dès qu'il me voit, le furibond
Vient, levant sur moi le bâton.
Je désarme le pauvre hère,
Et me démène de manière
Qu'à mes pieds il est terrassé,
Bien misanthropé, (1) bien rossé ;
Pour content, c'est une autre affaire.

_____

(1) Le fameux drame de Misanthropie et Repentir donne
à ce mot, sous une nouvelle acception, toute la valeur de
celui qu'on reproche à Molière.

Je me séparai, dès ce jour,
Du mari, mais non de la femme.
Cet échec ranima la flamme
Dont nous brûlait le tendre amour.
Sous les auspices du mystère,
Nous nous vîmes très-décemment,
Sans surprise et sans accident,
Chez une honnête couturière,
Qui figure en mon second chant.

Du premier voici la morale.
Aveuglément, comme des fous,
Croyons à la foi conjugale;
Ou bien, sachons être, chez nous,
Sans humeur, sans bruit, sans scandale,
Ce que sont tant de bons époux,
Dont le sort est vraiment fort doux.
On les cajole, on les régale;
Même on a l'âme assez loyale,
Pour leur laisser, à presque tous,
Place en la couche nuptiale.
L'hymen a la nuit, et l'amour
Veut bien se contenter du jour.
Ils ont, en frères, part égale.

Misantrhopie, en soi, n'est rien.

3

Ce n'est un mal que par l'esclandre ;
Pour le grand nombre, c'est un bien.
Il n'est que façon de la prendre ;
Il en est mille de la rendre.

Mesdames, il faut tout prévoir.
Ayez toujours serin en cage :
C'est un oiseau d'un doux ramage ;
C'est, comme vous venez de voir,
La sauve-garde du boudoir.

———————

CHANT SECOND.

LA SOUBRETTE,

OU

LES DOUCEURS

DE

LA VENGEANCE.

Homme trompé, comme trompeur,
Ta vie entière n'est qu'un songe ;
Tu dors, bercé par le mensonge,
Sous l'épais rideau de l'erreur.
Vagues desirs, goûts éphémères,
Ces tourmens réels de ton cœur,
Ne t'offrent, au lieu du bonheur,
Qu'illusions et que chimères.

4

Si l'orgueil te fit des vertus,
Leur théorie est un mystère,
Leur pratique un régime austère,
Que, dès long-tems, tu ne suis plus ;
Leurs noms, des mots mal entendus.
Dis-moi, ta faible intelligence
Conçoit-elle le mot constance ?
De combien d'heures, ou de jours,
Est ta constance en tes amours !
Tu rencontres la jouissance,
Tu t'amuses quelques instans ;
Tu crois à la persévérance ;
Tu veux te fixer ; mais le tems
Vole, guidé par l'espérance,
Et ne laisse, derrière lui,
Que l'indifférence et l'ennui.
En vain tu ferais résistance ;
Il t'entraîne, en son vol léger.
Sans cesse tu le vois changer
Le grand tableau de la nature.
Ce vieillard sème sous ses pas
Les neiges, les sombres frimats.
Bientôt Flore, sur la verdure,
Épand sa brillante parure.

A son tour, la blonde Cérès,
De son or couvre les guérets;
Et coîffé de raisins, l'automne
Étale les dons de Pomone.

Si le sage, le bon vieux tems
Change quatre fois tons les ans,
Il faut que la raison s'étonne
Qu'un folâtre enfant, que l'amour
Sans changer, passe même un jour.

Ma procureuse, assez légère,
Va subir la commune loi;
Elle va me quitter; et moi
Très-prévoyant, par caractère,
Déjà j'ai pris la couturière,
Dondon d'un excellent aloi;
Beauté robuste, tétonnière,
Fraîche, ferme, et d'un acabit
A faire naître l'appétit.

Son œil voluptueux me lance
Un regard de feu, bien lascif:
J'entends ce langage expressif;
J'y réponds, plein d'effervescence,
D'un ton ferme, et très-positif.
Par goût, et par reconnaissance,

5

Je m'attache à lui bien payer
Sa complaisance et son loyer, (1)
Non en argent, mais en nature,
A bon poids et bonne mesure.
Certes, ce n'est du bien perdu :
Il est bien senti, bien rendu ;
J'y prends goût ; et la procureuse
Bientôt n'est plus qu'une quinteuse,
Une parasite d'amour,
Qui fait tort à la couturière
D'une part de son ordinaire.
De son côté, de jour en jour,
Je vois décliner sa tendresse.
Ce n'est plus cette ardente ivresse
Dont les transports étaient si doux ;
Ce n'est plus que contrainte et gêne,
Que vapeurs, maux de nerfs, migraine :
Plus rares sont les rendez-vous ;
Feinte et stérile est la caresse ;
On analyse froidement
La constance et le sentiment.

-----

(1) On a vu, à la fin du premier Chant, qu'elle nous prêtait une petite chambre.

Quelle fausse délicatesse !

Soyons, dis-je, de bonne foi ;

Tu ne m'aimes plus ? — Non. — Ni moi ;

J'ai fait choix d'une autre maîtresse. —

Moi... j'ai fait choix.... d'un autre amant. —

Elle est charmante. — Il est charmant. —

Nous étions de grands sots, ma chère,

De nous tromper si bêtement. —

Oui, savoir se quitter gaîment,

C'est recommencer à se plaire.

Peut-être au boudoir de l'amour

Nous retrouverons-nous un jour.

Un doux baiser en est l'augure.

Sur la jouissance future,

Un à-compte est pris et rendu.

Notre rupture est une fête ;

Et mon successeur est c....

En se brouillant, a-t-on rien vu

De plus gai, ni de plus honnête ?

Nous voilà quittes et contens,

Après avoir été constans

Trois grands mois, moins une semaine.

Hélas ! la pauvre espèce humaine

Peut-elle l'être plus long-tems !

Je le fus à la couturière
Pendant trente jours environ ;
Mais, sans faire le fanfaron,
Au moins pour une année entière
Ce tems-là doit m'être compté,
Par le nombre et la qualité
Des preuves d'un amour extrême,
Qui m'étonnent encore moi-même.

Autant par besoin de repos,
Que pour varier mes travaux,
Je voyage à Troye en Champagne. (1)
C'est dans ce pays de cocagne,
Suivant un de nos vieux dictons,
Que quatre-vingt-dix-neuf moutons,
Plus un champenois, font cent bêtes.

Les plus sots moutons du pays,
Suivant moi, sont les beaux esprits.
Admis à leurs bachiques fêtes,
Où l'on fait assaut de talent,

---

(1) Ce n'est point à Troye. J'ai mes raisons pour dépayser le lecteur. Je laisse le masque à mes acteurs. J'ai pris cette ville pour le lieu de ma scène, à cause de sa prétendue académie, si plaisamment imaginée par Groslay.

Il faut qu'à mon corps défendant
J'entende Virelay, balade,
Vers à Monseigneur l'Intendant
Sur son singe, ou son chien malade,
Logogriphe, énigme, charade.
J'étouffe un fréquent bâillement
A chaque lecture maussade.
J'ai sous la main, heureusement,
Un flacon d'aï pétillant;
Je m'en verse; à chaque tirade
Je trinque avec le récitant;
Je sable d'abord la rasade,
Et m'écrie : Excellent, divin,
Adressant mon éloge au vin,
Non à ces fatras détestables;
Mais on prend le change. A mon tour,
Pour me mettre à l'ordre du jour,
Je brâille des vers... pitoyables.
Ils sont, par un juste retour,
Trouvés excellens, admirables.
Il faut que monsieur Marmontel, (1)
Les consacrant dans ses Mercures,

_____

(1) Il faisait alors le Mercure.

Les transmette aux races futures,
Et de moi fasse un immortel.
Il faut que mon brillant génie,
Sur les ailes d'un noble orgueil,
S'élève un jour jusqu'au fauteuil
De la troyenne académie.

O plats poètes de Paris,
Que la critique y livre en proie
Aux sifflets aigus du mépris,
Allez boire et briller à Troye !
Je ne valais pas mieux que vous;
Mon Phœbus y fit des jaloux,
Et mon amour mit en folies
Maintes Troyennes fort jolies.

Entr'autres, deux nobles beautés,
Du plus haut rang de la Province,
Pour moi, personnage assez mince,
Avaient, comme on dit, des bontés.
A la vanité je pardonne
Ce mot qui ne trompe personne.
Chacun sait et dit à bas bruit
Que ce sont des bontés de nuit.
Sur ce mot, loin de chercher noise,
A ces dames, pour leur honneur,

J'avouerai, qu'en galante ardeur,
Elles surpassaient la bourgeoise,
Autant qu'en adresse, en vigueur
Je surpassais le grand seigneur.
Chacune m'aime à la folie,
Et croit régner seule en mon cœur.
De rien l'orgueil ne se défie.
Eh! peut-il venir à l'esprit
D'une femme de haut parage,
Qu'un petit rimeur de mon âge,
Admis aux honneurs de son lit,
Prise assez peu tant d'avantage,
Pour commettre l'affreux délit
D'être un imposteur, un volage?
Aurait-il la témérité
De faire un si cruel outrage
A la tendresse, à la beauté,
Et sur-tout à la qualité?
   L'argument est irrésistible;
Mais il fait sur moi peu d'effet.
Pour ces deux belles, trop sensible,
Mon cœur préfère le forfait
De tromper ce couple adorable,
A l'embarras épouvantable

D'un choix difficile et fâcheux.

Pour ma baronne et ma comtesse ,

Brûlant d'une énorme tendresse ,

J'adore chacune des deux ,

Autant qu'une unique maîtresse :

Qu'un plus habile fasse mieux.

Ah ! l'impevtinent petit-maître !

L'inguat, le pevfide, le tuaître !

Me dit un jour une honesta,

Que j'avais l'honneur de connaître ;

Qui jadis, pour duplicata

De l'époux le plus débonnaire,

Après moi, prit un mousquetaire,

Un carme , un acteur d'opéra ,

Picard, Champagne, ET COETERA.

Pour changer leur dépit en joie ,

Aux honesta j'apprends qu'à Troye,

Comme par-tout, le plus malin

Des sexes est le féminin.

Je leur apprends que comme une oie

J'y fus bridé; qu'on m'affronta ;

Que j'étais un duplicata,

Un coadjuteur imbécille ,

A tromper d'autant plus facile ,

Que je me croyais le trompeur.
Le hasard me tira d'erreur.

Chez mon adorable comtesse
Un soir je vais, brûlant d'ardeur,
L'entretenir de ma tendresse.
Madame n'est point à l'hôtel ;
Dans une maison brelandière,
Elle soupe chez monsieur..... tel.
Le nom ne fait rien à l'affaire.
Le suisse me dit, de sa part,
Que le jeu la retiendra tard.
En l'attendant, avec Julie,
Soubrette aimable et fort jolie,
Je fais la conversation.
Julie, en larmes qu'elle essuie,
Pour fixer mon attention,
Sanglote d'indignation.
Sa hautaine et dure maîtresse
L'avilit, l'outrage sans cesse ;
Jusque-là qu'encor ce matin,
Elle la traita de drôlesse,
Et de coquine.... et.... de.... catin.
Plus brillant seroit son destin,
Si les trésors de la richesse ,

Offerts par l'amour libertin ,

Pouvaient corrompre sa sagesse.

Deux ruisseaux baignent son beau sein.

Que Julie en pleurs a de charmes !

Jeunes beautés , c'est dans vos yeux

Que les amours forgent leurs armes ;

Et leurs traits les plus dangereux ,

Sont ceux qu'ils trempent dans vos larmes.

Ah ! qu'elle est belle ta douleur,

Ma Julie ! ô toi que j'adore !

Viens, viens les verser sur mon cœur ,

Ces pleurs dont la soif le dévore.

Bien loin d'éteindre son ardeur ,

Ils la ranimeront encore.

Je sais pleurer ; c'est un talent

Fort recommandé par Ovide (1) ,

En l'art d'aimer, notre grand guide.

Je pleure, et sur mon sein brûlant

Je presse le tendron. Ma bouche

Sur la sienne imprime un baiser

---

(1) Et lachrimæ prosunt, discunt lachrimare decenter;
Quoque volunt plorant tempore, quoque modo.
Ov. Art. Am. Lib. 3.

De flamme, et qui va l'embrâser.....
Quelle erreur ! Le lutin farouche
Bondit, s'arrache de mes bras,
Me frappe, s'éloigne à grands pas,
Revient, tonne, crie à l'injure,
D'un œil de courroux me mesure,
Et me traite.... du haut en bas.

 Elle est bien malheureuse ! hélas !
Faudra-t-il toujours qu'elle endure
Les attentats de la luxure !
Hier encore monseigneur
(C'est l'évêque, oncle de madame,)
Brûlant d'une lubrique flamme,
A voulu lui ravir.....l'honneur.
Ses ongles ont, dans sa fureur,
Sur l'épiscopale figure,
Sillonné la triple éraflure
Que long-tems on y pourra voir.
Monseigneur met l'égratignure
Sur le compte de son rasoir.
Il n'est jusqu'à son grand-vicaire,
Dont l'entreprise téméraire......
Mais qu'ils y reviennent encor,
Ces cafards, les mains pleines d'or !

N'est-il donc pas assez de filles,
De demoiselles d'opéra?
Mais non. Pour ces tartufes-là
Il faut des jeunesses gentilles,
Des tendrons gardés sous les grilles
Des chastes temples de Vesta.
Des princes de la sainte église
La délicate paillardise
Ne compromet point ses faveurs:
Il faut être neuve, et bien sage,
Faire preuve de bonnes mœurs,
Pour servir à ces monseigneurs
De catin, ou même de page.....

   Ce dernier mot est un éclair
Qui va me guider dans la route
Où jusqu'ici je ne vois goutte.
Composant mon ton et mon air,
Opposant la ruse à la ruse,
Je fais une très-froide excuse
D'un tort que l'austère pudeur
Ne peut reprocher à mon cœur,
Et que la raison lui pardonne.
Il est, je crois, bien naturel
Qu'on s'intéresse à ta personne,

Belle Julie, et je m'étonne
De causer ce dépit mortel.
Un baiser n'est point criminel,
Quand c'est la pitié qui le donne.
Le sentiment que j'ai pour toi
N'est pas une coupable flamme,
Et je te jure, sur ma foi,
Qu'il est pur..... comme ta belle âme.
Si je t'aime, c'est sans amour :
Mon cœur avec délicatesse
Brûle pour ta chère maîtresse;
Et je perdrois plutôt le jour,
Que de trahir l'ardeur fidelle
Que j'ai vouée à cette belle.

A ce discours inattendu,
Mon petit dragon de vertu
Baisse les yeux; je vois sa mine
S'alonger à mon froid maintien;
Elle est piquée; et je devine
Qu'attendre c'est ne perdre rien.
Nous reprenons notre entretien :
Je vante mon bonheur suprême.
Madame est constante.... elle m'aime
Comme une folle....,. Un ris moqueur

Porte le soupçon dans mon cœur.
Je veux m'éclaircir ; et Julie
De m'instruire se meurt d'envie.
Je presse, conjure, et fais tant,
Qu'on va, bien à regret pourtant,
Rompre un mystérieux silence.
Ce n'est point du tout par vengeance,
Mais par pure amitié pour moi,
Par honneur, par délicatesse,
Qu'on va confier à ma foi
Un grand secret qui m'intéresse.
J'apprends qu'un beau garde du roi
Partage avec moi la tendresse
De madame ; qu'il a son jour,
Ou plutôt sa nuit ; qu'à mon tour
J'ai le lendemain ; ce qui laisse
A chacun un jour de repos,
Pour mieux suffire à nos travaux.

Mais un cas bien plus grave ; c'est que
Monseigneur notre saint évêque,
Usant du droit que le clergé
De tous les tems s'est arrogé,
Va, plus fréquemment qu'à la messe,
Cajoler le matin sa nièce

Par un escalier dégagé.

Outré de tant de perfidie,
Agité de transports fougueux,
Au désespoir, trop malheureux
Pour supporter encor la vie,
De Julie imitant les jeux,
Je saute comme un furieux......
Sur mon épée, allez-vous croire !....
Non ; n'ensanglantons point l'histoire ;
Je saute comme un furieux.....
Sur mademoiselle Julie
Du même désespoir saisie.
Vengeons-nous, vengeons-nous tous deux
De ta maîtresse déloyale,
Et de ses mépris outrageux.
De l'à-propos profitant mieux,
La soubrette au bond prend la balle ;
La haine étincèle en nos yeux ;
Son venin fermente en notre âme ;
Nous nous vengeons à qui mieux mieux,
Et la rage nous rend heureux
Six fois sur le lit de madame.

Ah ! que la vengeance a d'appas,
Belle Julie, entre tes bras !

Avec quel art tu multiplies
Ses poisons ! comme tu varies
Ses emportemens ! quelle ardeur
T'enflamme, t'agite, me presse,
Et par toi remplit tout mon cœur !
Oui, je préfère ta fureur
A la monotone tendresse
De ta méthodique maîtresse :
Je la quitte, je suis à toi ;
Je ne la verrai de ma vie.
Eh ! qu'elle ait six gardes du roi,
J'ai six amantes dans Julie.

Mais suffirai-je à ce tendron
Suffisant pour tout l'escadron (1)?

Je n'eus jamais si forte aubaine :
Mes amis, je respire à peine;
Je suis rendu, le cœur me bat.
Après un si rude combat
J'ai besoin de reprendre haleine.
Je ne pourrais présentement
Vous mener jusqu'au dénouement

---

(1) Il y avait à Troye un escadron de gardes du roi en
garnison.

D'un

D'un drame où mon grand personnage
Veut de la force et du courage.
Dans ce conflit, je n'ai que moi
Contre un évêque, une comtesse,
Une baronne fort diablesse,
Des époux, des gardes du roi;
C'est un imbroglio du diable;
Mais c'est une affaire d'honneur,
Amis, et je me sens capable
D'en sortir en homme de cœur.

———

O

~~~~~~~~~~~~~~~~~~~~

L'AVENTURE qui fait le sujet de ce troisième Chant, n'est point du tout plaisante, du moins pour moi : mon amour-propre ne trouve pas son compte à la révéler ; mais il n'est point de roses sans épines. Il faut tout dire, et mettre sur la scène, pour la varier, un personnage original. Le comte de * * * était le plus excellent railleur de son tems. Je vais le peindre de mon mieux ; que ne puis-je rendre la grâce et le piquant qu'il mettait à son persifflage ! C'est bien là le RIDI-CULUM ACRI d'Horace. Aussi la leçon a-t-elle eu un plein succès. Les fureurs, les emportemens d'un mari offensé, sont des motifs de plainte pour la femme. Est-elle jolie, elle a encore raison, et on la sépare d'avec un jaloux brutal.

La conduite du comte est celle d'un homme plein d'esprit et de prudence. Il corrige sa femme par la plaisanterie et le froid mépris. Il l'humilie ; il la convertit ; il en fait une sainte.

Ce comte était le plus aimable roué de son tems, et c'était un brave guerrier, un homme d'honneur. Les roués de nos jours ne lui ressemblent guère. Ce ton-là est bien loin de nous. Nous avons encore la rouerie ; mais il s'en faut bien qu'elle soit délicate, plaisante et aimable. Ce n'est plus que de la rouerie.... à rouer.

CHANT TROISIÈME.

L'HOMME DE COUR,

OU

LE PERSIFFLAGE.

AEneadum genitrix, hominum divumque voluptas, etc. etc.
LUCR.

Mère d'amour, charme des cieux,
Volupté de l'homme et des dieux,
Belle Vénus, reine du monde,
Ame et germe de l'univers;
Tu peuples les ondes; les airs,
Et par toi la terre est féconde.
L'animal naît, c'est pour aimer;
Dans ses yeux ta flamme étincelle;

Bondissant près de sa femelle, (1)
Il s'exprime, il sait l'enflammer :
Absente, il la cherche, il l'appelle;
Il la suit par monts et par vaux;
Des torrens il brave les flots.
La retrouve-t-il infidelle,
Seul il combat tous ses rivaux ;
Vainqueur, il triomphe auprès d'elle.
Plein du besoin de pardonner,
Bientôt sa jalouse furie
Va de tendresse être suivie,
Et l'amour va le couronner.
Eh ! pour lui que serait la vie,
Sans le plaisir de la donner!

   C'est toi, Vénus, que l'oiseau chante (2)
Sur la branche où pond son amante.
Du ramier le roucoulement
Est l'hymne du tendre hyménée ;
A son exemple, aussitôt née,

---

(1) Indè, feræ pecudes persultant pabula læta,
   Et rapidos tranant amnes, etc.   LUCR.

(2) Æriæ primùm volucres, te diva tuumque
   Significant initium, percussæ corda tua vi.   LUCR.

Sa famille est un couple amant.
Par toi, dans son épuisement,
La nature est renouvelée,
Et la douce joie est mêlée
Aux douleurs de l'enfantement.
Tu fais taire le bruit des armes ;
De Mars tu suspends les travaux ; (1)
Lui-même vaincu par tes charmes,
Dépose à tes pieds ses drapeaux.
Ce n'est plus le dieu de la guerre ;
C'est un amant tendre, soumis,
Timide et doux comme Adonis ;
Occupé du soin de te plaire,
Dans tes bras il perd ses fureurs ;
Et la paix, qu'il rend à la terre,
Est le doux prix de tes faveurs.

Vénus.... mais le divin Homère,
Lucrèce, Virgile, Voltaire,
T'ont célébrée en vers pompeux :
Oserai-je, rimeur vulgaire,
Singe de ces chantres fameux,

---

(1) Nam tu sola potes tranquilla pace juvare
Mortales, etc.   LUCR.

Sur le haut ton chanter comme eux!
Non. Je te chante à ma manière.
    Divinité de l'opéra,
C'est là ton univers; c'est là
Qu'une imposture enchanteresse
Rend le beau tableau de Lucrèce,
Et charme, en les trompant, nos yeux.
Sous les traits de Saulnier, (1) plus belle,
Tu n'es point la Vénus d'Appelle,
Mais la Vénus même des cieux.
Ton galant peuple de Cythère,
Les plaisirs, les ris et les jeux,
Depuis deux ans pleurant misère,
Chantant l'amour, criant la faim,
Point payés, et n'ayant du pain
Qu'à crédit chez la boulangère;
Bercés d'un espoir plus heureux
Et de promesses mensongères,
Dansant comme on rame aux galères,
T'offrent leur encens et leurs vœux
En entrechats, en chants joyeux.

_____

(1) Danseuse de l'Opéra, chargée du rôle de Vénus dans le ballet du JUGEMENT DE PARIS.

C'est à la pompe de ces fêtes,
Qu'on voit descendre des plats-fonds,
Dans des cieux de toile à torchons,
Ton char , suspendu sur les têtes
De Thétis , Neptune et Triton.
Ce char rayonnant de lumière,
Richement doré de laiton ,
Enchante les yeux du parterre ;
Mais la rupture d'un piton,
D'une poulie , ou d'un cordage ,
Peut , au milieu de son voyage ,
Comme celui de Phaéton ,
Du haut de vingt pieds d'atmosphère ,
Le précipiter sur la terre.

Quoiqu'il ne soit que de carton ,
Les Dieux marins craignent sa chûte,
Qui les enverrait chez Pluton,
Accompagnés.... d'un air de flûte. (1)
Là , de Rey suivant le bâton,
Ta voix , souvent sur un faux ton,
Gourmande l'orage et la foudre,
Que compose une once de poudre ;

(1) C'est toujours sur une mélodie douce , et au son de
la flûte, que descend Vénus.

Et fait fuir, par ses aigres sons,

(1) Les vents ronflans dans les bassons.

   Mille badauds sont en extase,

En te voyant calmer les flots

D'un terrible océan de gaze,

Diapré de verds oripeaux,

Qu'agitent, en vagues rebelles,

Sur quatre tortueux rouleaux,

Quatre sifflantes manivelles.

Mais ce qui bien plus les surprend,

C'est quand à la mer le feu prend,

En approchant trop des chandelles.

   Déjà l'haleine des zéphirs

Vient de ranimer la verdure;

Et Flore présente aux plaisirs

Leurs guirlandes et leur parure.

Tu souris, et le ciel s'épure:

Un contre-poids, un tourniquet,

Quelques lampes à la quinquet,

Changent l'ordre de la nature.

---

(1) Te fugiunt venti, te nubila cœli,
Adventumque tuum : tibi suaves dædala tellus
Summittit flores, tibi rident æquora ponti, etc. Lucr.

Voilà le beau, le fabuleux :
Lé vrai n'est pas moins merveilleux.
   Vénus, divinité lubrique,
C'est par ta vertu prolifique,
Qu'au berceau des enfans-trouvés,
Chaque jour on en porte mille.
Par toi l'en voit, dans cette ville,
Plus de co... que de pavés.
Par toi la cavale est éprise
Des héros du Mirebalais,
Dont la féconde paillardise
Produit les inféconds mulets.
C'est toi, toute entière en Julie,
Qui m'égales à ces héros
Par six voluptueux travaux,
Vénus : ah ! je t'en remercie ;
Mais dans ton délire on s'oublie,
Et tu ne nous sauveras pas,
Julie et moi, de l'embarras
Où nous plonge cette ânerie.
   Il est cinq heures du matin.
La comtesse rentre, et se doute
Qu'à notre duo clandestin,
S'unissant, l'amour libertin

Forme un trio qu'elle redoute.

Sans bruit, à la porte elle écoute ;

Elle entend, très-distinctement,

Le magnifique compliment

Que je viens de faire à Julie ;

Et le mot de garde du roi

Frappe durement son ouie.

Elle entre, du dépit suivie,

Et nous trouve.... en un désaroi....

Dont elle aussi reste ébahie.

Où fuir, ô ciel ! où se cacher !

Quelle peut être notre excuse !

Frappé des regards de Méduse,

Ainsi tout se change en rocher.

Qui rompra ce morne silence ?

C'est Julie ; et son éloquence

Fait l'explosion du courroux.

Sur elle une grêle de coups

Tombe ; et plus je prends sa défense,

Plus j'aigris le dépit jaloux.

Comme j'ai ma part à l'offense,

Sur moi tombe aussi la vengeance.

Julie, ô ciel ! ton cher amant

Est dans le danger imminent

De perdre bien plus que la vie !
Vois-tu comme notre ennemie,
Dans son aveugle emportement....
C'est ton bien, que la jalousie
Veut te ravir Julie alors.
Qu'agitent d'horribles transports,
Est une furie infernale ;
Elle saute sur sa rivale,
La terrasse, et sur son chignon,
De l'attentat se fait raison.

Tout est renversé, siéges, table ;
C'est un tapage épouvantable.
Aux cris aigus de la fureur,
Accourt toute la valetaille.
On les sépare, on jure, on brâille ;
Le bruit réveille Monseigneur :
En bonnet de nuit, le saint homme
Arrive, saisi de frayeur,
Se plaint que l'on trouble son somme,
Et crie au scandale, à l'horreur.

Sur Julie il fixe la vue.
Sa belle gorge est toute nue,
Et son costume fait penser

Tout

Tout ce qui vient de se passer.

Je vois l'hypocrite luxure
Convoiter cet objet charmant,
Et dire, IN PETTO, quel tourment!
J'en suis pour mon égratignure;
Et la coquine, je le voi,
N'est que vertueuse pour moi.
Nous sommes au fort de la crise.
Il n'est besoin que je vous dise
Quel torrent d'imprécations
Vomit contre moi la comtesse.
« Vos goûts, vos inclinations
» Marquent assez votre bassesse. »
Pour la Julie, à l'hôpital
Elle ira faire pénitence,
Ou, peut-être, un sort plus fatal
Sera sa digne récompense.
Ce soir j'aurai l'ordre du roi.
« Quant à vous, monstre, de chez moi
« Sortez, sinon, par la fenêtre.... »
A ce mot, je ne suis plus maître
D'un éclat de rire, et je pars.
Mais, par le moins gai des hasards,
Dans l'escalier, monsieur le comte,

Aussi réveillé par le bruit,

Surpris de m'y trouver la nuit,

M'arrête, et veut que je remonte.

Voilà qui devient sérieux:

J'ai mon courage et mon épée,

Et de la fâcheuse équipée

Je me tirerai... de mon mieux.

   Nous entrons. A monsieur le comte

La comtesse en fureur raconte

Qu'elle a pris en flagrant délit

Julie et moi; que sur son lit

Nous osions.... Quoi !... c'est là la cause,

Dit le comte, du bacchanal

Qu'on fait céans ?... La bonne chose !...

Ah! ah! ah! (1) voyez le grand mal !

Vous me faites cocu; ma reine,

A-peu-près vingt fois par semaine,

Sans que j'y fasse attention;

Et pour un petit droit d'aubaine

Que prend sur vous une Marton,

Il faut que toute la maison

Soit en alarme ! Pauvre femme !

Ah! pauvre tête sans raison....

_____

(1) Il rit.

Vous méritez bien l'épigramme,
Et si j'étais un rimailleur
Comme monsieur, sur mon honneur
Ce soir elle courroit la ville.
N'avez-vous pas honte , imbécile,
De vous mettre dans cet état ?
Voulez-vous que la calomnie
Attribue à la jalousie
Ce sot et scandaleux éclat ?

Vous , mon très-cher , je vous en prie,
Une autre fois rappelez-vous
Que ville ouverte est bientôt prise ,
Et que c'est de peur de surprise
Qu'amour inventa les verroux.

Et toi... viens , ma brave Julie....
Le beau désordre où te voilà
Atteste un rude choc. Brava.....
La friponne en est plus jolie.....
Allons , qu'on m'embrasse ; viens ça ;
Viens donc, que je te remercie....
Tu m'as vengé..... bravissima ;
C'est un procédé que cela !

Mais.... vous n'y pensez pas , comtesse !
Garder chez vous ce minois-là ,

C'est une grande mal-adresse.

Vous verrez vos petits messieurs

Vous quitter tous pour ses beaux yeux.

    Tes exploits, Julie, et tes charmes

Causent de trop vives alarmes.

Faite pour la célébrité,

Ici, ta beauté peu commune

S'avilit dans l'obscurité.

Suis l'amour et la volupté

Qui t'appellent chez la fortune.

Monte au rang qui t'est destiné;

Va briller, moderne Phriné,

Du luxe éclatant des richesses;

Va rouler sur les boulevards

Le plus pompeux de tous les chars.

Prends pour modèles nos duchesses;

Prends sur-tout leur air d'impudeur,

Pour être au ton de la grandeur.

Pour toi je ne vois guère en France

Que le clergé, dont l'opulence

Puisse suffire à ta splendeur;

En attendant une éminence,

Tiens, je te donne monseigneur. (1)

Je connais pour toi sa tendresse,

_____

(1) L'évêque était là.

Et je te fais dame et maîtresse
De sa cassette et de son cœur.
　Vous voyez que j'ai l'âme bonne,
Que j'arrange tout pour le mieux;
Moi j'aime à faire des heureux.
Qu'on m'imite, qu'on se pardonne.
En amour rien n'est aussi doux
Qu'un raccommodement; et vous,
Jeune homme, soyez plus fidèle
Aux dames qui vous font l'honneur
De vous prendre pour serviteur.
Ma femme est encor fraîche et belle;
Je veux bien qu'elle ait des bontés
Pour vous, mais aussi méritez
Par un exact et bon service
Qu'elle soit votre protectrice.
On a du crédit à la cour,
Et si vous êtes sage, un jour
De vous on fera quelque chose.
A Versailles....je me propose....
Mais....parbleu, je suis un grand sot:
L'église est votre vrai ballot.
Vous êtes libertin, frivole;
Prenez-moi le petit collet:

3

Vous serez l'abbé Babiole :
Monseigneur , qui de vous raffolle ,
Qui vous nomme l'esprit follet (1) ,
Vous fera , dans sa métropole ,
Son grand-vicaire ; et par bricole
On peut vous teindre en violet.
Fénélon meurt ; qui lui succède ?
Pour qui sont sa crosse et sa croix ?
C'est pour monsieur l'abbé Dubois.

Ce persifflage enfin m'excède ;
Au persiffleur j'en dis deux mots,
Et monte sur mes grands chevaux ;
Mais , loin qu'au comte j'en impose ,
Du sarcasme il double la dose.

N'en déplaise à votre fierté ,
Dit-il , vous seriez-vous flatté ,
Monsieur , d'être de la comtesse
L'amant en titre , son égal ,
Mon camarade , mon rival ?
Ce serait trop de hardiesse.
Pour les femmes de qualité
Il est des mœurs , une décence
Qui vont jusqu'à l'austérité ,

(1) C'était ainsi que m'appelait monseigneur.

Avec gens qui marquent en France.

Nous leur défendons nos égaux,

Qui sauveraient mal l'apparence ;

Mais des êtres sans conséquence,

Des abbés, des' poëtereaux,

Des acteurs.... tous ces animaux

N'entrent pas plus dans la défense

Que les singes, les perroquets,

Les épagneuls.... et les laquais.

Ce n'est qu'une ménagerie

Qui rend absurdes les caquets,

Et désarme la calomnie.

Moi, j'ai mes nymphes d'opéra,

Et vous, la comtesse vous a.

C'est juste.... et je passe à ma femme,

Que j'aime de toute mon âme,

Quelques petits amusemens,

Pourvu qu'elle n'ait point d'amans.

Allons, la paix ! que l'on s'embrasse....

Ma présence vous embarrasse ?

Je me retire : adieu.... brava.....

Faites tout ce qu'il vous plaira ;

Mais pour dieu, qu'en ce domicile

On puisse au moins dormir tranquille....

4

Il chante { Ah ! que je fus bien inspirée
Quand je vous reçus dans ma cour !

Ah ! ah ! ah ! Il rit.

A Troye aujourd'hui l'on rira.

La bonne , la belle folie !   Ah ! ah ! Il rit.

Sous le menton il prend Julie ,

Lui donne un baiser , et s'en va.

On reconnaît à cette aisance

Le ton et les mœurs de la cour,

Qui met à l'hymen , à l'amour,

Ce qu'ils méritent d'importance.

Julie et moi nous le suivons ,

Et de l'hôtel nous nous sauvons,

En maudissant notre imprudence.

Ainsi finit l'imbroglio ;

SIC NOS SERVAVIT APOLLO.

Mais , plein de dépit et de honte,

J'éprouve un horrible tourment.

La leçon de monsieur le comte ,

Et son persifflage insolent

Pour moi sont un sensible outrage.

Par bonheur, pour calmer ma rage,

J'ai le conseil de la vertu ;

Et la justice crie : Arrête ,

Jeune téméraire ; où vas-tu ?
Apprends que ma vengeance est prête,
Et qu'on ne s'est jamais battu
Contre un homme qu'on fait.... co....

Julie a quitté la comtesse.
Je la fais partir pour Paris ;
A deux ou trois de mes amis
Je la recommande et l'adresse.
Nous nous quittons avec promesse
De nous revoir dans quinze jours,
Pour donner suite à nos amours.
J'ai quelques affaires à Troye ;
D'ailleurs, je ne veux pas qu'on croie
Que je prends la fuite en poltron ;
J'aime mieux être le plastron
De mainte sotte raillerie ;
Sans en être déconcerté,
Avec un peu d'effronterie
Je mettrai dans la coterie
Bien des rieurs des mon côté.

Il me reste encor la baronne,
Dont l'esprit dur, haut et méchant
Rend la rupture assez bouffonne :
En ce moment je l'abandonne ;

5

Car il faut consacrer un chant
A la divine Providence,
Et faire le tableau touchant
De la publique pénitence
De ma comtesse, dont le cœur
Me planta là, pour le sauveur;
Par une dévote inconstance,
Qui, la plaçant au haut des cieux,
Lui fait un dénoûment heureux.

    Ce chant sera saint; que l'impie
Le passe, car il l'ennuiera.
Dans le cinquième il reverra
Et ma baronne et ma Julie,
Et le scandale et la folie,
Et l'évêque dont il rira.
Mais rien d'impur ne souillera
Le chant de la grâce efficace;
Elle seule y figurera.
D'Augustin, de Thomas, d'Ignace
Le saint trio me soufflera.
La critique me sifflera;
Mais fort peu je m'en embarrasse.
Si la prêtraille me tracasse,
Un décret la déportera.

OBSERVATION.

Quoi de plus destructeur de toute religion, que les subtilités et l'ergotage de l'école théologique ! Le prêtre veut comprendre Dieu, qu'il dit lui-même être incompréhensible ; et, pour le définir, il le crée à son image ; il en fait un être irascible, un monstre stupide et féroce, dont le caprice est la loi suprême. Le prêtre a raison, en ce sens, de dire que Dieu a créé l'homme à sa ressemblance. Quelle est cette prémotion physique, cette grâce intérieure, extérieure, versatile, suffisante sans suffire, prochaine, efficace, etc. etc. ? Quel est ce libre arbitre qui n'est rien sans la grâce, qui se donne à peu d'élus, et se refuse à tous ? Quel galimathias !

6

Si le dévot Pascal, qui n'était pas gai, s'est permis de s'égayer sur cette matière, je puis bien aussi me le permettre. Je ne crois pas autant de choses que Pascal en croyait; mais j'ai de Dieu une plus grande idée que ce philosophe. Je ne renferme pas le grand être dans une petite armoire dorée d'un pied quarré. Je dis, comme le prophête : IN SOLE POSUIT TABERNACULUM SUUM ; idée sublime et vraiment poétique. L'immensité est son tabernacle : il est aussi dans le cœur de l'homme : s'il n'était pas là, il y a longtems que les prêtres de toutes les religions, à force de le rapetisser et de l'avilir, en auraient anéanti jusqu'à l'idée. Je ne conçois-pas l'athéisme, et ne crois pas aux athées. Ils mentent aux autres, mais ils ne se mentent pas à eux-mêmes. Non, il n'y a pas d'athées.

CHANT QUATRIÈME.

LA GRACE EFFICACE.

CONVERSION

DE

LA COMTESSE.

O TOI, devant qui la science
Et du philosophe payen,
Et du pédagogue chrétien,
N'est que sottise et qu'ignorance;
Que l'un nomme aveugle destin,
L'autre, d'après saint Augustin,
Prémotion, ou providence;
   Ténébreuse fatalité !

J'admire et j'adore en silence
Ton ineffable obscurité.

L'homme ose-t-il vers ta justice
Lever ses regards indiscrets !
Qu'il s'humilie , et qu'il subisse
Tes irrévocables décrets ;
Qu'il cède au torrent qui l'entraîne
Vers le plaisir, ou vers la peine ,
Vers le vice, ou vers la vertu.
Et quels sont ses droits ! Lui dois-tu
Plutôt ton amour que ta haine !
S'il rampe, courbé sous sa chaîne,
En a-t-il moins sa liberté !
Non , puisqu'ainsi l'a décrété
L'infaillibilité romaine.

Ce dogme, il faut qu'on en convienne,
Est clair et sans difficulté,
Comme la sainte Trinité.
La liberté robespièrienne
A la même réalité.

Si ta prescience immuable
Nous a fait naître pour le diable,
Ne l'avons-nous pas mérité !
Puisque jadis le premier homme,

Notre père à tous, fut tenté,
Et mangea d'un morceau de pomme
Par sa femme à lui présenté !

Le doux Abel, né pour te plaire,
Obtient de ta grâce plénière
Un cœur aimant, plein de bonté ;
Et proscrit dès l'éternité,
Caïn, jaloux, atrabilaire,
Naît pour la haine et la colère.
Par toi-même il est arrêté
Que rien ne pourra le soustraire
A l'horreur de tuer son frère :
Telle est ta sainte volonté.

C'est d'après ce fatal principe,
Qu'ignorant sa naissance, OEdipe
Est vertueux et criminel.
C'est peu qu'il ait tué son père ;
Il va, par un arrêt du ciel,
Polluer le lit paternel.
Il faut qu'il épouse sa mère,
Qu'il lui fasse,.... croyant bien faire,
Quatre enfans, réprouvés des Dieux,
Parce qu'ils sont incestueux....
Mais le parricide et l'inceste

Sont l'œuvre du courroux céleste !....

Qu'ai-je dit ? Quel blasphême affreux !

Dieu, consultant les fils d'Ignace,

Livre au caprice nos destins ;

Se jouant de l'humaine race,

Inconcevable en ses desseins,

Au trône épiscopal il place

Saint Gobet, pour qu'avec éclat

Un élu devienne apostat,

Et donne sa grâce efficace

Au plus atroce scélérat.

Il souille la terre française

De cent mille autels pour Marat(1).

Il fait, sur l'infernale braise,

Griller et Socrate, et Platon,

Marc-Aurèle, Antonin, Caton,

Bayle, Newton, Pope, Molière,

---

(1) Le buste de ce monstre a été adoré sur les autels de tous les temples de la France, à la place du Dieu des chrétiens. Il n'y eut pas un hameau qui n'eût encore à l'extérieur sa montagne et son laid et dégoûtant Marat de plâtre, la tête entortillée d'un torchon, digne auréole de ce dieu des sans-culottes.

Henri quatre, Sully, Voltaire;
Tous nés pour la damnation,
Ainsi que Villars et Turenne,
Vains héros de gloire mondaine.
Mais au plus haut du paradis,
La grâce élève tous brandis,
Et le bon larron qui l'invoque,
Saint Alexandre charbonnier,
Et sainte Marie à la coque,
Et saint Crépin le cordonnier.
Les pêcheurs saint Jacques, saint Pierre,
Saint Julien le ménétrier,
Sainte Dorcas la couturière,
Et saint Fiacre le jardinier;
Le dévot fainéant saint Lâbre,
Qui gueuse, en battant la Calâbre;
Saint François au gras capuchon,
Et saint Antoine.... et son cochon.
Une Vénus aux belles fesses,
Ornement du ciel fabuleux,
Fait le désespoir des Déesses,
Et d'amour enivre les Dieux.
Notre religion chrétienne
Veut avoir aussi sa Vénus;

Et la galante Madeleine,
Tendre amante du doux Jésus,
Obtient, dans le ciel, une place
Parmi cette clique d'élus,
Sales goujats, laids malôtrus,
Porteurs de hotte et de besace.

Pour neutraliser, dans les cieux,
L'odeur de bouquin et de crasse
Qu'exhalent tous ces bienheureux,
La Sainte a son riche alabâtre (1)
Plein des parfums délicieux,
Dont chez saint Simon le lépreux,
De l'homme-Dieu, qu'elle idolâtre,
Elle huila les rouges cheveux.

De ce vase mystérieux,
Sans s'épuiser, le baume coule.

Madeleine, par un pigeon,
Fait porter un petit flacon
(Que l'on nomme la Sainte-Ampoule)
De ce baume au prélat rémois,
Pour oindre nos augustes rois ;
Car Madeleine aime la France.

---

(1) Alabastrum unguinti pretiosi.

Elle y vint finir , en Provence ,
Et sa pénitence et son sort,
Sur un roc nommé Sainte-Baume ,
A cause de l'odeur de baume
Que d'une lieue on sent encor.

O saint tendron ! l'art de séduire
T'assure la faveur des cieux.
De ta belle bouche un sourire ,
Un doux regard de tes beaux yeux ,
Dirigent la grâce efficace ,
Et lui marquent l'heure et la place
Où sa puissance doit agir.
Tu sais exciter ou fléchir
Du Verbe la sainte colère.
Par toi , la belle La Vallière
Obtient le don du repentir ;
Comme les tiens , baignés de larmes ,
Ses beaux yeux en ont plus de charmes.
Si sa douleur et son amour
T'ont prise pour leur saint modèle ;
La Vallière en sert , à son tour ,
Pour l'ornement de ta chapelle ;
Et sous ses traits, un autre Appelle
Dont le ciel guida les pinceaux ,

Dans les pleurs t'a peinte si belle,
Que sa Madeleine immortelle
Est, de l'aveu de ses rivaux,
Un chef-d'œuvre de la peinture,
Comme tu l'es de la nature.

Tu tends à l'amour malheureux,
La main, pour le conduire aux cieux.
Tu cherches, non une Lucrèce,
Mais une illustre pécheresse ;
Tu guéris les maux de son cœur,
Et plein d'une plus pure ivresse,
Tu le consacres au Sauveur,
Nouvel objet de sa tendresse.

Moi, je t'ai consacré le mien :
Fais que je meure en bon chrétien,
Et qu'au ciel, belle Madeleine,
J'adore, en les voyant de près,
Ces yeux charmans, ces doux attraits
Dont brille la Vénus chrétienne.
Pour toi plein de dévotion,
J'ai composé ce beau cantique,
Qui fit l'édification
De tout le clergé catholique,
Et du sanhédrin sorbonique

Mérita l'approbation.

J'ai fait plus, et ne puis m'en taire ;
Tu me dois la conversion
D'une seconde La Vallière,
Aussi belle que la première.

Madeleine, tu te souviens
De la scandaleuse aventure,
Dont long-tems, dans les murs troyens,
Rit la noblesse et la roture,
Et qui de la comtesse et moi
Causa la comique rupture?
Le bruit en parvient jusqu'au roi ;
Il en plaisante, et la comtesse,
Dont tu te fais la vengeresse,
Par toi ramenée à son Dieu,
Cache sa honte et sa tristesse
Dans les ténèbres du saint lieu
Où de la belle La Vallière
Repose la sainte poussière.
Bientôt, aux plaines de Rocoux,
Le comte, sous d'illustres coups,
Succombe, et meurt : sa chaste veuve
Convole, et choisit pour époux
Le Verbe, qui la prend pour neuve,

Et l'admet au ciel à sa mort.

Elle te doit un si beau sort,
Madeleine ; mais le scandale
Dont je suis l'objet et l'auteur,
Est le moyen de son bonheur ;
Et j'en suis la cause finale.

Ainsi les doux péchés d'amour
Des nobles dames de la cour
Font grand bruit ; la grâce efficace
S'éveille, intrigue, se tracasse ;
Dépêche un grand convertisseur ;
Car c'est pour elle un point d'honneur
De faire abandonner la place
Au roi biscornu des damnés,
Qui fuit avec un pied de nez ;
Et ces ames d'illustre race,
Vont, à l'aide du directeur,
Se jouer au sein du Seigneur ;
Tandis que les vulgaires âmes,
Peu dignes des soins du docteur,
Brûlent dans d'éternelles flammes.

Ainsi, chétive cendrillon,
Ton pauvre et chaste cotillon,
Dont très-peu la grâce s'occupe,

Est abandonné, dans l'enfer,
Aux souillures de Lucifer :
Et de Melpomène la jupe,
Théâtral et riche ornement
D'une Phriné jeune et jolie,
Passe mystérieusement
De l'hôtel de la comédie
A l'autel du Saint-Sacrement.
Phriné par Languet convertie,
Dans la ferveur de l'agonie,
La lègue à Dieu par testament (1);
Et pour prix de cette œuvre pie,
A les honneurs du firmament.

    Girandoles, nœuds, pierreries,

---

(1) On connaît le zèle de Languet de Gergy, curé de Saint-Sulpice, pour arracher les âmes des comédiennes mourantes au démon. Les robes de théâtre ont fourni à la sacristie de Saint-Sulpice de beaux ornemens, et les diamans du poignard de Melpomène s'en sont détachés pour former les rayons du soleil du saint sacrement. Mesdemoiselles CONEL et GUÉANT sont deux saintes modernes de la façon de ce bon curé. Ces exemples prouvent que, selon saint Augustin, la grâce se sert de tout, et ne laisse rien traîner.

Bracelets, le gros diamant,
Vaisselle, bijoux, broderies,
Tout va chez monsieur le curé
Pour payer un MISERERE.

    Languet bénit, change en châsuble
La jupe qu'il vole au démon.
Du riche brocard il affuble,
Pour sa belle procession,
Le noble dos de Saint-Sulpice:
La soutane couleur de feu,
La mître d'or, le cordon bleu,
Le Saint-Esprit en appendice,
Et le beau jupon de l'actrice
Signalent Sulpice au milieu
De vingt prélats qui font à Dieu
L'honneur d'assister à l'office.
L'idiot peuple des Badauds,
A genoux pour qu'on le bénisse,
Est bousculé par les bedeaux,
Et brutalisé par le suisse.
Sous le dais, de fleurs parfumé,
Par trente encensoirs enfumé,
Monseigneur, d'un œil en coulisse,
Lorgne les dames, leur sourit,

Se rit du peuple , et le bénit.
La bague de la donatrice,
Diamant d'énorme grosseur,
Etincèle au doigt bénisseur.
Phriné , dans les cieux spectatrice
De la belle procession ,
Voit avec satisfaction
Son diamant en exercice ;
Elle reconnaît son jupon ,
Adore avec componction
Le pain sacré , brillante idole
Qui , de sa double girandole,
Emprunte l'éclat sans pareil
D'où lui vient le nom de soleil.
Au bon Languet elle rend grâce,
Et dit : O faveur qui me passe !
C'est pour ces pitoyables riens ,
Ces faux brillans , ces dons si vains ,
Que je vois mon Dieu face à face ,
Et jouis des honneurs divins !
Sois bénite, ô grâce efficace ;
Tu m'accordes la sainteté. . . .
Qui diable s'en serait douté !
  Notre sort avant que de naître ,

Chers frères, èst écrit aux cieux.
Rien n'est que ce qu'il devait être ;
Tout est bien, tout est pour le mieux.
C'est d'après les divins oracles
Que la grâce agit ici bas :
N'y voyons donc que des miracles ;
Adorons ; ne raisonnons pas.
Le diamant, le brin de paille,
La chaumière du laboureur,
Le pompeux château de Versaille,
Sont égaux devant le seigneur.

    C'est dans ce palais corrupteur,
Qu'avec le vice et le scandale
Règne un nouveau Sardanapale.
Il brûle d'une folle ardeur,
Sans l'inspirer à ma comtesse.
En vain il soupire, il la presse,
Il ne sera pas son vainqueur.
Il l'exile, dans sa fureur,
Chez son oncle, évêque de Troye.
C'est là que la grâce m'envoie.
Un clerc, un rimailleur chétif
Est le pouvoir exécutif
De la divine Providence.

Pour confondre l'orgueil d'un roi
Qui fait trembler toute la France,
De qui Dieu se sert-il ? De moi.
Moi pécheur , littéraire atôme,
Des Poinsinets le dernier tome,
Je soumets le cœur dédaigneux
D'une illustre et fière comtesse ;
Je suis l'objet de sa tendresse ;
Et , par un sort capricieux,
Une Marton est sa rivale ;
Et l'éclat le plus scandaleux
Se fait dans une cathédrale,
Chez un évêque , sous ses yeux ;
Et les ris de Sardanapale
A la comtesse ouvrant les cieux,
En font une sainte Vestale ;
Et de son brave époux le sort
Est le cocuage et la mort.

Inconcevable Providence ,
Tu te caches à la science ;
Tu te révèles à la foi ;
Tu n'es qu'évidence pour moi.
Si la simplesse et l'ignorance
Sont méritoires devant toi ,

J'ai droit au moins à l'espérance.

Au pied de ton trône, où la croix
S'élève en triomphe, je vois
Se prosterner la Madeleine,
Qui de ma poétique veine
Eut les prémices et la fleur.
J'y vois la Vallière la belle,
Qui me sait gré de parler d'elle;
J'y vois Phriné, dont j'eus la sœur
Pour les essais de ma jeunesse;
J'y vois mon aimable comtesse,
Pour qui soupire encor mon cœur.

Dans le zèle ardent qui les presse,
Ces quatre saintes du seigneur
Implorent pour moi la clémence.
Pour défenseurs officieux
J'ai quatre paires de beaux yeux:
Ce sont huit foudres d'éloquence.

Madeleine humblement avance:
Ses pleurs, son organe enchanteur
Charment la céleste audience,
Et la font applaudir d'avance.

Grâce, dit-elle, ô doux Sauveur!
Grâce pour ce pauvre pécheur.

Accorde-lui la pénitence.

Hélas ! victime de l'erreur,

Il eut pour guide la nature,

Pour idole la liberté,

Pour instituteur Epicure,

Pour régime la volupté.

Il aima le vin et les femmes;

Il brûla des moins chastes flammes :

Vers le vice il fut emporté

Par la fougueuse effervescence

D'un fatal excès de santé,

Qu'il tient de ta munificence,

Et que ta prudente bonté

Refuse à la pudicité.

Il ne crut pas te faire offense,

En cédant à la violence

Des passions qu'il tient de toi.

T'adorant dans ta créature,

Obéissant à la nature,

Il crut obéir à ta loi.

C'est à présent que ta puissance

Réduisant ses sens au silence,

Va, par des efforts éclatans,

Triompher de la pétulance

3

D'un galant de soixante-huit ans.

Pour l'humilier, qu'un bon prêtre,
Le plus ignorant qui puisse être,
Qu'un grand imbécile, un grand saint,
En un mot, qu'un vieux capucin
De son esprit se rende maître !
Qu'il en bannisse le bon sens,
L'amour du beau, le goût des femmes ;
Qu'il lui prouve que sur les âmes
Tu venges les erreurs des sens ;
Qu'il le tourmente en tous les sens ;
Qu'enfin la flamme expiatoire
De ton propice purgatoire,
A ma prière, Dieu clément,
Le régénère promptement.
Dans ta chaudière épuratrice
Que sa pauvre âme se blanchisse ;
Mais ne l'y laisse pas long-tems,
Seigneur ; c'est assez de cent ans.
Cette correction légère,
Bien moins d'un juge que d'un père,
Sera grâce et non châtiment.
De la comtesse il fut l'amant,
De son salut il est la cause :

Cela mérite quelque chose.

Grâce, grâce, ô mon doux Jésus.

Rien que cent ans ; cent ans, pas plus.

Qu'après ces instans il ait place

Près de nous, pour que je lui fasse

D'utiles et saintes leçons.

Au lieu de profânes chansons,

Il chantera la sainte rage

De Beaumont, dont le parlement

Fit brûler maint beau mandement.

Il chantera leur griffonnage,

Leur acharnement respectif,

Et leur exil alternatif,

De la cour plaisant balotage ;

Et la bulle UNIGENITUS,

Inconcevable barbouillage ;

Et les appels comme d'abus,

Qu'on ne conçoit pas davantage.

Il a vu ces sottises-là,

Seigneur ; il nous divertira

En les contant à saint Ignace,

Qui chaudement ergotera.

D'argumens nous rompant la tête,

Au Saint-Esprit il prouvera

Qu'il n'est qu'un ignare, une bête.

Saint Ignace a, comme D... hem,

Dont l'éloquence à Paris brille,

Maint donjon et mainte bastille.

Cet argument AD HOMINEM,

Met à QUIA l'humaine race.

On se rend à ces raisons-là ;

Et c'est ainsi que triompha,

Doux Jésus, ta GRACE EFFICACE.

F I N.

~~~~~~~~~~~~~~~~

P. S. Dans un âge moins avancé, j'aurais attendu, pour publier mon Poëme, qu'il fût complet et terminé. Mais quand le sera-t-il ? La matière est abondante, puisque ce sont mes folies que je rime. Ces quatre Chants ont dénoué trois intrigues, et font à-peu-près un tout. Le reste viendra ou ne viendra pas ; à mon âge, on ne peut rien se promettre à soi-même, à plus forte raison ne doit-on rien promettre aux autres. La goutte, l'apoplexie, la caducité, la paresse, sont de mauvais répondans de la promesse que je ferais, et je n'en puis guère donner d'autres garans.

> Multa senem circumveniunt incommoda.

La seule parole que je puisse donner, est de ne pas faire un vers de ma vie, si ma gaieté déplaît au public.

TABLE

DES CONTES, CHANSONS ET PIÈCES FUGITIVES

Contenus dans ce Volume.

FIN DE LA TABLE.

ERRATA.

Page 66, vers 15, il y a là un vers sans rime ;
LISEZ :

Dit deux fois l'AVE MARIA,
Se signe trois, demande un cierge.

N. B. Il a été tiré un Exemplaire sur vélin
d'Allemagne, pour M. Mérard-Saint-Just.

www.ingramcontent.com/pod-product-compliance
Lightning Source LLC
Chambersburg PA
CBHW071806020726
47502CB00004B/1021